Weltfrieden ist aus

Behandle mich gut. Lies mich. Wenn Du mich gelesen hast, gib mich weiter oder lege mich an einen Ort, an dem viele Menschen mich finden können, die mich auch lesen und genauso wieder an einen Ort legen, wo man mich erneut findet.

Peter Coon

Weltfrieden ist aus

Fünfzehn Kurzgeschichten

und ein Nachwort
über die Erfindung der weiß-blauen
Friedenstaube

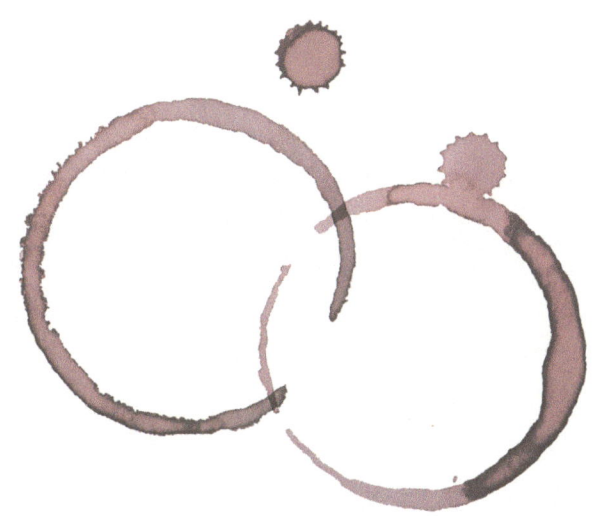

Bibliografische Information der Deutschen Nationalbibliothek:
Die Deutsche Nationalbibliothek verzeichnet diese Publikation
in der Deutschen Nationalbibliografie; detaillierte bibliografische Daten sind im Internet über www.dnb.de abrufbar.

Coverhintergrund: *breakingthewalls* bei fotolia.com
Weinglas-Flecken: *Oksana Kumer* bei fotolia.com
Friedenstaube (Cover) und Plakate (im Buch)
mit freundlicher Genehmigung von:
 - Aulis Nyqvist, Finnland
 - Mika Launis, Finnland
 - Horst Trapp, Bundesausschuss Friedensratschlag, Kassel

Herstellung und Verlag:
Books on Demand GmbH, Norderstedt

ISBN: 978-3-7460-0903-2

Inhalt

Mit Kühnheit und Courage

Den ersten Passanten lässt sie unbehelligt passieren. Sie könnte nicht sagen, warum, aber bei ihm ist ihr nicht wohl. Zwei Kinder mit Schulranzen und eine sehr alte Dame lässt sie natürlich auch laufen. Aber dort hinten, an der Kreuzung bei der Eisdiele mit der besonders hohen Theke, kommt ein junger Mann um die Ecke, sympathisch, mit aufrechtem Gang und freundlichem Blick, ein bisschen groß vielleicht, aber dennoch ein rechter Kerl zum Verlieben. Doch leider muss Astrid auf ihn verzichten.

»Der hat schon alles«, bedauert sie sich und schaut zu Boden; nicht, dass sie ihn aus Versehen doch noch anspricht. Bei solchen Sahneschnittchen hat sie sich nicht immer unter Kontrolle – wenn auch ihre Chancen winzig sind. Direkt hinter ihm aber, das erkennt sie jetzt aus den Augenwinkeln, folgt der, der es werden wird. Sie schaut wieder auf und wartet geduldig, bis er sie erreicht hat. An seinem Blick erkennt sie, dass er schon ahnt, was ihm blüht.

»Tschuldigung.«

Der junge Mann bleibt stehen. »Äh, ich?«

»Ja, genau«, bestätigt sie. »Würden Sie für mich Geld abheben?«

Er stutzt, und die Angst sprüht ihr aus seinen Augen entgegen.

»Äh, ich?«, fragt er wieder. »Geld abheben?«

»Von meinem Konto natürlich«, beruhigt sie ihn. »Hiermit.«

Sie hält ihm ihre EC-Karte entgegen. Er blickt sich um und sucht nach versteckten Kameras.

»Ich ... ich kann doch nicht ...«

»Doch sicher«, ermutigt sie ihn. »Ich brauche zweihundert Euro. Tun Sie mir den Gefallen?«

Je freundlicher sie fragt, das hat Astrid gelernt in ihrem Leben, desto schneller sind die Leute bereit, auf ihre Bitten einzugehen. Nur selten einmal gerät sie an jemanden, der partout keine Zeit zu haben behauptet und sie einfach stehen lässt.

»Na gut«, bringt ihr Opfer nach einer Ewigkeit der Entscheidungsfindung hervor. Mit spitzen Fingern nimmt er die Karte entgegen und schiebt sie in den Schlitz des Geldautomaten, neben dem Astrid steht, so vorsichtig, als bestünde sie aus Glas – die Karte, nicht Astrid. Wie gelähmt starrt er auf das Display. Sein Körper verrät, dass er sich weit weg wünscht. Astrid kennt diesen Wunsch. Immer, wenn sie die Blicke spürt, dieses Glotzen, das ihr einflüstert, ein Clown im Zirkus zu sein, oder das erschrockene Wegschauen und das Mitleid mit einem Gnom aus der Märchenwelt, dann möchte sie nicht sein, wo sie gerade ist, dann wünscht sie sich weit fort, nach Hause in ihre kleine Wohnung, wo alle Dinge sie kennen und längst schon keine großen Augen mehr machen. Astrid kennt diesen Wunsch, doch sie hat ihm niemals nachgegeben. Sie ist nie geflohen, hat sich nie versteckt. Dafür ist sie viel zu trotzig. Wenn jemand gafft, dann gafft sie zurück, und wer sein Mitleid äußert, den bedauert sie zurück.

»Oh«, bemerkt ihr Geldlieferant. »Sie müssen jetzt noch ...«

»Meine PIN ist drei sieben zwo sechs«, unterbricht sie ihn.

»Sie sagen mir Ihre PIN?«

Astrid staunt.

»Na klar, sonst können Sie sie ja nicht eintippen.«
Und mit strengem Blick fügt sie hinzu: »Ich kann Ihnen doch vertrauen, oder?«

Sie glaubt dem eifrigen Nicken, obwohl es nicht ihre Art ist zu glauben, was andere Menschen behaupten. Sie macht sich stets ihr eigenes Bild von einer Welt, für die sie nicht geschaffen scheint. »Du kannst das nicht«, war einer der meistgehörten Sätze ihrer Kindheit – und ihr meistgehasster. Aber sie glaubte schon damals nicht, was andere Menschen behaupteten. Und so ignorierte sie fast alle Ratschläge und Warnungen und kämpfte und verlor nie den Mut und wuchs und wuchs an ihren Misserfolgen.

Lange ließ sie sich bei nichts helfen. Lieber scheiterte sie an den Dingen, die Gleichaltrige mit links vollbrachten. Als Kleinkind bekam sie Schreianfälle, wenn man sie nicht allein machen ließ, was eigentlich eine Nummer zu groß für sie war. Doch einstweilen hat sie gemerkt, wie viel leichter das Leben sein kann, wenn man sich helfen lässt, und inzwischen fordert sie diese Hilfe auch ein.

Heute hält sie es für selbstverständlich, dass ihre Zeitgenossen die Dinge erledigen, um die sie bittet. Dass so mancher von ihnen dabei vom schlechten Gewissen heimgesucht wird, stört Astrid nicht im

Geringsten. Natürlich ist ihr auch klar, dass dieser Unglücksrabe vor ihr keine Schuld hat an ihren Alltagssorgen. Er wird sicher kein Stadtplaner sein oder Möbeldesigner. Nicht er hat die Konfektionsgrößen über ihren Kopf hinweg genormt oder die Höhe von Treppenstufen und die von Supermarktregalen und Bankautomatendisplays. Für das Meiste sind die Wenigsten verantwortlich, und Vieles wird sich wohl auch gar nicht ändern lassen. Aber wenn Astrid in einer Umkleidekabine wieder einmal den Vorhang nicht ganz zuziehen kann von so weit unten, dann denkt sie sich, dass es wohl niemandem schadet, wenigstens einmal im Leben jemanden wie sie kennenzulernen und ihren Alltag.

Der Automat beginnt zu rattern. Die Karte flutscht aus dem Schacht. Übervorsichtig zieht der junge Mann sie heraus und gibt sie Astrid zurück. Auch das Geld reicht er ihr.

»Danke sehr«, sagt sie.

»Bitte«, sagt er und will sich zum Gehen wenden. Aber Astrid lässt es nicht so weit kommen.

»Ich würde sie gern auf einen Kaffee einladen«, eröffnet sie ihm, und er erschrickt erneut. Sein Blick lässt vermuten, dass er noch niemals vorher auf einen Kaffee eingeladen worden ist. Seltsam eigentlich, denkt sie, denn mit einem weniger gebeugten Rücken und gewaschenen Haaren könnte er fast so eine Sahneschnitte abgeben, wie der schnuckelige Typ von gerade eben. Doch vor ihr steht jemand, in dessen Leben die Momente wohl dünn gesät waren, die einen Menschen zu einem mutigen machen. Vielleicht ist sein meistgehörter Satz derselbe wie ihrer, und vielleicht ist er im Gegensatz zu ihr einfach zu gutgläubig. Astrid jedenfalls ist entschlossen, ihn nicht einfach so gehen zu lassen. Eine kleine Weile, vielleicht nur eine halbe Stunde lang, möchte sie ihre Kraft mit ihm teilen, ihn ein winziges Bisschen anstecken mit Kühnheit und Courage.

»Sie können mein Angebot ruhig annehmen«, ermuntert sie ihn und wedelt lustig mit ihrer Barschaft. »Ich habe ja jetzt Geld.«

Weltfrieden ist aus

Schulte ist das Brot ausgegangen.

Nicht gern schlüpft er aus seiner kleinen Wohnung, doch er muss, des Abendbrotes willen, das nicht mehr lange auf sich warten lassen wird. Es sind nur wenige Schritte bis zum Bäcker, doch für die letzten paar, bis er seine Hand mit dem abgezählten Geld auf die Theke legen kann als Zeichen, dass sicher er jetzt an der Reihe ist, wird er eine kleine Ewigkeit brauchen. Eine Warteschlange nötigt ihn zum tatenlosen Warten und trotzt ihm einen schmerzlichen Teil seiner Lebenszeit ab. Dem ganzen Viertel scheint heute Abend das Brot ausgegangen zu sein.

Die beiden Damen auf der anderen Thekenseite arbeiten wie die Wirbelwinde. »Was darf's sein?« »Das große oder das kleine?« »Ja, von heute Morgen.« »Ein halbes, sehr gern.« »Schneiden?« Brote fliegen über die Theke, Brötchen, letzte Kuchenstücke und zurück das Geld und wiederum zurück das Rückgeld. »Einen schönen Abend noch die Dame«, und wieder geht es einen zähen Schritt voran im Gänsemarsch als Teil einer brotlosen Notgemeinschaft, natürlich keiner wirklichen Gemeinschaft, wo einer für den anderen steht, eher einer Interessentenansammlung, oder schlicht eines Menschenpulks, eng, bedrohlich und heute sogar übelriechend, vor ihm vermutlich oder direkt hinter seinem Rücken. Schulte jedenfalls wäre lieber allein auf der Welt.

Stattdessen bleibt ihm nichts anderes übrig, als neben fremden Ausdünstungen auch die unzähligen Worte aufzunehmen, die um ihn herum das Tageslicht erblicken. Heute natürlich sind es – wie schon seit Monaten – Berichte und Meinungen über die neuesten Fliehenden, die kenterten und ertranken, aber auch über die, die nicht kenterten und in Heimen unterkamen, auch hier im Ort, und seitdem auf ihr Wohl oder Wehe warten und auf diejenigen, die darüber zu entscheiden haben. Hätte Schulte zu entscheiden, er wüsste kaum zu entscheiden. Zu viel gibt es zu bedenken, und zu zerrissen wäre er von seinem frommen Wunsch zu helfen, und dem unbändigen, auf dieser Welt allein zu sein. Die einzige Entscheidung, die ihm stets klar vor Augen steht, ohne Wenn und jedes Aber, selbst hier in dieser Schlange aus purer Ungeduld, nur noch wenige Gänseschritte vom ersehnten Thekenglas entfernt, ist diejenige, dass Hochmut verboten gehört, da diesem schlechtes Reden über den Nächsten und Beleidigungen folgen, was letztlich wiederum in gegenseitigem Zerfleischen mündet, das Menschen überhaupt erst zu Fliehenden macht. Doch er hat nicht zu entscheiden, ist stattdessen unvermittelt an der Reihe, weil die drei Personen vor ihm offensichtlich zusammengehören, obwohl man es ihnen die ganze Zeit über nicht ansah, und zusammen nur ein einziges Brot kaufen.

»Der Herr?«, wird er gefragt, ist ein wenig perplex, da er bisher nicht einmal die Gelegenheit hatte, seine Hand mit dem Geld auf die Theke zu legen, und spricht wie mechanisch die Worte, die er immer an diesem Ort zu sagen pflegt: »Ein halbes Kasseler am Stück, bitte.«

Ein Wirbelwind fegt am Regal entlang, und im Nullkommanichts landet der abgepackte Halbling vor ihm auf der Theke.

»Haben Sie sonst noch einen Wunsch?«

So oft er diese Frage schon gehört hat in den vergangenen Minuten, so sehr ist er jetzt überrumpelt, als sie plötzlich ihm gilt, nachdem er schneller an der Reihe ist als befürchtet.

»Ja«, hört er sich sagen, ohne selbst zu ahnen, was genau er damit meint, bis es ihm blitzschnell durch den Kopf schießt: »Einmal Weltfrieden, bitte.«

Er stutzt. Das hat er nicht sagen wollen. Es ist ihm so herausgerutscht, wie einem schon mal etwas herausrutscht, das irgendwie auf der Zunge liegt und doch nicht gesprochen werden will. Er lächelt entschuldigend, um deutlich zu machen, dass er wirklich niemandem hier wertvolle Zeit stehlen will, dass man diesen Wunsch getrost übergehen und stattdessen den Preis für ein halbes Kasseler nennen sollte, auch wenn ihm dieser natürlich längst bekannt ist, um so den Bezahlvorgang einzuleiten. Die Dame hinter der Theke scheint sogar bereit dazu, denn schon holt sie Luft für den zu entrichtenden Betrag, wird aber von den drei gemeinschaftlichen Brotkäufern unterbrochen, die gerade ihr Rückgeld von der Kollegin in Empfang nehmen.

»Tschuldigung, Sie haben auch Weltfrieden?«

»Oh, für mich bitte auch«, schaltet sich Schultes Nachfolger ein, obwohl dieser noch gar nicht an der

Reihe ist, und noch zwei weitere Personen heben unsicher die Hand, unsicher nicht ob ihres Wunsches, sondern nur der Möglichkeit halber, sich verhört zu haben. Was nur, denkt Schulte, hat er da bloß angerichtet?

»Weltfrieden ist aus.«

Die Bestimmtheit in der Stimme der jüngeren Fachverkäuferin lässt Schulte erschaudern.

»Kommt auch nicht mehr rein«, ergänzt die ältere der beiden, und auch diese Stimme weist durch ihre Strenge auf die Unverhandelbarkeit dieses Sachverhaltes hin. Umso erstaunlicher ist es, dass Schultes Nachfolger sich mit solcher Enttäuschung nicht zufrieden geben will.

»Können Sie denn welchen bestellen?«

Die Damen schauen sich an. Diese Frage scheint ihnen unangenehm zu sein. Beide suchen nach der passenden Antwort, und es ist die ältere, die zuerst eine findet, da sie vermutlich die Betriebsabläufe dieser Bäckerei am besten beherrscht.

»Natürlich können wir welchen bestellen.« Doch der Kunde müsse im Voraus bezahlen. Man glaube ja nicht, wie oft schon jemand Weltfrieden bestellt und nicht abgeholt habe, und der zu zahlende Betrag sei soundso hoch.

Die Zahl, die sie nennt, übersteigt bei Weitem die, die sie für ein halbes Kasseler genannt hätte, wäre ihr nicht Schultes Schabernack in die Quere gekommen. Tatsächlich liegt diese Geldmenge deutlich über der, die Schulte für gewöhnlich bei sich trägt, sogar über der seines gesamten Bankkontos, obwohl er sehr sparsam lebt und eigentlich niemals über die Stränge schlägt. Selbst die hohen Beträge, die man gemeinhin im Fernsehen hört, wenn es um Vorstandsgehälter oder Abfindungen oder gar Regierungsetats geht, sind kleiner als der, der gerade über die Theke an sein Ohr gedrungen ist. Nur selten einmal hat Schulte von größeren Werten gehört, zum Beispiel, so fällt ihm jetzt ein, neulich in einer Sendung, durch die er über die Gewinne großer Rüstungskonzerne aufgeklärt wurde – aber dies ist natürlich nur ein Beispiel, das ihm rein zufällig in den Sinn kommt.

»Oha«, sagt Schultes Nachfolger, nachdem sicher auch er seine derzeitige Liquidität überschlagen hat. Die drei Vorgänger winken enttäuscht ab und wenden sich zum Gehen.

»Und wenn wir zusammenlegen?«, ruft jemand ganz hinten in der Schlange, jemand, der kaum im Laden und noch halb auf der Straße steht und daher vermutlich nur den Betrag nicht richtig verstanden hat.

»Da müsste schon ganz Deutschland zusammenlegen«, sagt einer der Dreiergruppe beim Verlassen des Geschäftes.

»Na, eher ganz Europa«, verschlimmert Schultes Nachfolger die Fakten.

»Wohl eher die ganze Welt«, flüstert Schulte enttäuscht, nimmt sein halbes Kasseler von der Theke und lässt es in seine Jutetasche plumpsen, die er aus den Achtzigerjahren ins neue Jahrtausend herübergerettet hat und über deren blauem Grund eine weiße Taube flattert.

»Sie sollten auch bedenken«, ermahnt die ältere Thekendame, sicher, um ihre Kundschaft nicht ins offene Messer laufen zu lassen, »dass Weltfrieden höchstens eine Woche haltbar ist. Sie müssten also regelmäßig nachordern.«

Ein Raunen wälzt sich durch die Schlange bis hinaus auf die Straße, wo die drei Gemeinschaftsbrot-Käufer die genannten Einzelheiten im Vorbeigehen denjenigen erläutern, die zu weit draußen stehen, um die enttäuschende Sachlage aus erster Hand erfahren zu haben. Auch Schultes Nachfolger scheint jetzt klein beizugeben und kehrt – obwohl er genau genommen noch immer nicht an der Reihe ist – un- vermittelt zu seinem sicher ursprünglichen Ansin- nen zurück.

»Dann nehme ich nur vier Brötchen.«

Unaufgefordert legt Schulte den korrekten Betrag für seinen Einkauf auf das Thekenglas und verlässt den Laden. Draußen hält er inne und blickt zurück in den Verkaufsraum. Bisher hatte er immer ein so gutes Gefühl bei dieser Bäckerei. Doch an dem heutigen Angebot scheint ihm irgendetwas faul zu sein. Weltfrieden beim Bäcker? Warum nicht? Auch der Preis macht einen sehr seriösen Eindruck. Woran Schulte aber nun doch zweifeln muss, ist, ob mit Geld tatsächlich Hochmut verboten werden kann, um so überhaupt erst Weltfrieden liefern zu können. Vielleicht, so kommt ihm der Verdacht, verkaufen sie hier nur eine Mogelpackung. Und vielleicht, denkt Schulte weiter, vielleicht sollte er deshalb doch einmal, vorerst nur versuchsweise, sein Brot woanders kaufen.

Mäander

Als Caro ihm das erste Mal begegnete, traf seine Zurückhaltung sie mitten ins Gesicht. Sie verachtete ihn dafür, wenn auch nur während der ersten drei Sätze des klassischen Konzertes, das sie beide besuchten, denn Zurückhaltung verwechselte sie damals noch mit Ablehnung. Wer sich zurückhielt, wollte ihr nicht nahekommen, wollte Distanz und die klare Abgrenzung. Zurückhaltung war für Caro gleichbedeutend mit einem – wie ihr Vater es ausgedrückt hätte – »Verpiss dich!«

Als sie ihm also das erste Mal begegnete, verachtete sie ihn, doch nicht sofort. Bevor es so weit kam, fand sie ihn ausgesprochen süß. Sie sprach ihn an kurz vor Konzertbeginn, frei heraus, wie es ihre Art war, und obwohl sie wusste, dass die wenigsten Konzertbesucher miteinander sprachen, wenn sie sich nicht kannten, auch nicht die Liebhaber klassischer Musik.

»Hallo«, sagte sie. »Ich bin Caro.«

Sie reichte ihm die Hand, weil er nun einmal direkt neben ihr saß und weil sie ihn so süß fand und obwohl ihr klar war, dass er dies für eine sehr plumpe Anmache halten musste. Doch er rührte sich nicht. Er sah sie nicht an und ignorierte Gruß und Hand. Es dauerte viel zu lange, bis sie begriff, dass er sie brutal abblitzen ließ. Das Lächeln verschwand aus ihrem Gesicht, sie nahm ihre Hand zurück und wünschte sich, ihr Konzertsaalklapppolstersessel würde sie – oder besser ihn – verschlingen, hier und auf der Stelle. Doch das tat er nicht, und da sich der Saal inzwischen gefüllt hatte, war es ihr auch kaum möglich, heulend hinauszurennen. Sie sehnte sich nach ihrer Bettdecke, unter der sie sich immer schon verborgen hatte, wenn sie sich wieder einmal hatte verpissen müssen. Sie kannte das Gefühl, wie sie jetzt rot anlief, wie sich ihre Brust zusammenschnürte und ihr Kinn zu zittern begann; ihre ganze Kindheit hatte sie mit diesem Gefühl verbracht. So viele Jahre hatte sie gekämpft, um es aus ihrem Leben zu verbannen, und jetzt schleuderte dieser sture Scheißkerl es ihr wieder mitten ins Gesicht. Sie konnte das nicht ignorieren. Sie konnte ihn nicht ignorieren. Sie konnte ihn nur hassen.

»Leander«, hörte sie plötzlich eine Stimme an ihrer Seite, in der paarsekündigen Stille zwischen dem ersten und dem zweiten musikalischen Satz, als ein paar Unwissende zu applaudieren versuchten. Führte der Typ jetzt etwa Selbstgespräche?

»Mein Name ist Leander«, hörte sie ihn in der Stille nach dem zweiten Satz, in der niemand mehr zu klatschen wagte, umso mehr aber husten mussten. Sie schaute zu ihm hinüber, er aber nicht zu ihr. Es hatte nicht den Anschein, als meinte er sie.

»Es tut mir leid wegen vorhin«, sagte er nach dem dritten Satz, leise und geflüstert, wie es sich in einem klassischen Konzert gehörte. Dann reichte er ihr seine Hand. Noch immer sah er sie nicht an, doch ganz sicher war dies kein Selbstgespräch mehr. Caro wunderte sich, warum sie dieses Arschloch plötzlich nicht mehr hassen konnte, warum sie ihn tatsächlich wieder süß fand, und sie spürte, dass er zuckte, als ihre Handflächen sich berührten.

Ein Fluss schlängelt sich und nimmt nicht den direkten Weg. Daran muss Caro oft denken, wenn sie heute mit Leander zusammen ist und ihn zu gerne küssen würde oder wenigstens berühren. Sie weiß, dass sie nicht einfach zugreifen darf. Sie muss ihm

Zeit lassen, täglich neu. Wenn er spürt, dass sie seine Nähe sucht, beginnt er ihre zu suchen. Dann wird er zu einem Fluss, der sich einem fremden Land nähert. Wäre er ein Weg oder eine Straße, so würde er einfach die Grenze überqueren und eindringen ins jenseitige Landesinnere. Doch er ist kein Weg, er ist ein Fluss, der sich in weiten Schlingen nur behutsam nähert. Es dauert lange, bis er die Grenze überhaupt erreicht. Die Grenze – das ist eine Armlänge. Alles darunter ist eine Territoriumsverletzung. Niemand darf ihm näherkommen, als diese eine Armlänge, und niemandem kommt er selbst näher. Nur manchmal, wenn ihm etwas sehr wichtig ist, lässt er größere Nähe zu, bei einem Konzertbesuch zum Beispiel, Schulter an Schulter mit einem Sitznachbarn, oder, wenn Caro ihn küssen will und er sie.

Caro liebt es, wenn er zu einem Grenzfluss wird, wenn er eine Amlänge entfernt um sie herum mäandert, ihr näher kommt und sich entfernt, ihr kurz in die Augen blickt und dann wieder an ihr vorbei. Heute würde ihr nicht mehr in den Sinn kommen, diese Zurückhaltung als Ablehnung misszuverstehen. Vielmehr genießt sie sein Kommen und Gehen und sein Hin und Her. Auch will sie die Spannung nicht mehr missen, die sie beide umgibt, während er ihre Grenzen zu überwinden versucht wie beim allerersten Mal. Gerne wartet sie, bis er sich an sie schmiegt, noch ohne sie zu berühren, und ihr Worte ins Ohr flüstert, die er aus der Entfernung nicht wagen würde. Wenn er dann seinen Blick nicht mehr abwendet von ihr, erst, wenn er sich so frei gibt, dann reicht sie ihm eine Hand. Und sobald er seine hineinkuschelt, wenn er eine ihrer vielen Strähnen hinter ihr Ohr legt, dann weiß sie, dass er die Grenze endlich überschritten hat und angekommen ist bei ihr, dass er zu ihrem Gast geworden ist, Gast in ihrem Land, und sie in seinem. Und als Gäste wagen sie den ersten Kuss, der sich kaum jemals unterscheiden wird von ihrem allerersten. Er kommt einer Parole gleich, einem Einbürgerungsdokument. Er ist Brief und Siegel, dass sie zu Hause ist bei ihm und nicht mehr nur sein Gast. So wird aus Gastrecht Hausrecht, und sie kann endlich tun mit ihm, was immer sie will. Und selten will Caro nur den einen Kuss. Meist will sie einen zweiten. Und oft genug auch einen dritten und überhaupt alles von ihm, seine ganze Euphorie und seinen unzensierten Körper. Und all das nimmt sie sich – und er gibt es ihr frei heraus.

Eine flüchtige Umarmung ist eine Unmöglichkeit. Ein spontaner Kuss gleicht einer Utopie. Berührt sie ihn zufällig, so zuckt er zurück, fasst sie seinen Arm, entwindet er sich, wenn nötig mit aller Gewalt. Für Caro ist Leander der betörendste Mann der Welt. Zu gerne nennt sie ihn Mäander.

Tu es endlich!

Dieser Dienstag, der begonnen hatte wie fast jeder Dienstag, ließ nicht zum ersten Mal dieses heikle Gefühl in ihm aufsteigen, doch traf es ihn ungewohnt heftig heute und überraschte ihn in einem Moment der Unachtsamkeit und Verbitterung, wie sie nur selten gemeinsam auftreten und einzeln meist folgenlos bleiben.

Unachtsamkeit, da er sich den ganzen Tag über geärgert hatte über Kunden und seinen Chef, oder sie hatten ihn geärgert, was aufs Selbe hinauslief. Auch dies geschah längst nicht zum ersten Mal. Immer öfter geriet er mit dem Alten aneinander wegen Kunden, die behaupteten, er sei nicht engagiert genug und nicht gewissenhaft. Dabei konnte er beides durchaus sein, wenn nur das Umfeld stimmte. Ein Beweis dafür war seine Frau, die ihn geheiratet hatte, eben weil sie sein Engagement liebte, die Blumen und die kleinen Aufmerksamkeiten, mit denen er sie noch immer umwarb dann und wann, und seine stete Sorge um ihr Wohl. Und warum sonst hatte sie ihn das gemeinsame Kind zeugen lassen, wenn nicht mit Blick auf seine Gewissenhaftigkeit, die ihr eine gute Basis schien für eine junge Familie. Nur seine Kunden und seinen Chef konnte er nicht von sich überzeugen, und dies hatte ihm heute alle Kraft geraubt, Kraft, die ihm jetzt fehlte, auch weiterhin ein Auge auf seine Zukunft zu haben.

Dennoch wäre diese Unachtsamkeit unbedeutend geblieben, hätte sie ihn allein heimgesucht. Doch genau in dem Moment, als er sich ins Auto setzte, um endlich nach Hause zu fahren, klingelte sein Handy. Er starrte auf das Display und wartete, bis die Mailbox dranging. Ganz sicher wollte er dieses Gespräch jetzt nicht führen. Er wusste auch so, was seine Frau ihm mitteilen würde. Er hatte es schon erwartet und das Gegenteil gehofft. Es jetzt aus ihrem Munde zu hören, wollte er nicht ertragen.

Stattdessen startete er den Motor – und wurde enttäuscht. Zwar fuhr er einen BMW, wie es sich für einen Verkäufer dieser Automarke gehörte, doch besaß er nur das kleinste Modell, das sich für ihn jetzt anhörte wie ein Mofa. Plötzlich schämte er sich für seinen Wagen. Früher hatte er ein schickes Cabrio gefahren mit ordentlich Power unter der Haube. Seine Frau hatte er damit zum ersten Date abgeholt. Es hatte ihr gefallen, sie fand es toll, sie fand ihn toll und sie küsste ihn auf den schicken Ledersitzen unter freiem Himmel, und die Leidenschaft ging mit ihnen durch. Zwar hatte sie ihn später dann geheiratet, doch heute könnte es sein Chef sein, dachte er, der in der Lage wäre, sie zu betören mit seinem Luxushobel. Er würde sie zum Date abholen und über sie herfallen hinter den getönten Scheiben. Wie sehr er ihn hasste!

Er stoppte den Motor und zog den Schlüssel ab. Er stieg aus und schlenderte hinüber zum Privatstellplatz seines Chefs. Den Schlüssel hielt er fest in der Hand, die Spitze stach zwischen seinen Fingern hervor. Das Metall war härter als eine Kralle, mit der man jemandem weh tun konnte. Und er wollte jemandem weh tun. Äußerlich blieb er ruhig, doch in ihm begann es zu toben. Ein wildfremdes Tier randalierte. »Tu es!«, rief es ihm zu, und es war die Unachtsamkeit, die ihn daran hinderte, es zu bändigen.

Er schritt um den Schlitten herum, der nicht ihm gehörte, aber hätte gehören sollen, da er mehr arbeitete als sein Chef, der den ganzen Tag über im

Büro saß und sich Kaffee bringen ließ. Mit einem Finger fuhr er über den makellos polierten Lack. Er fühlte keinen Kratzer und empfand eine unbändige Lust, dies zu ändern. »Tu es endlich!« Seine Hand ballte sich zur Faust, nur der Zeigefinger befühlte weiter den Lack, und die Schlüsselspitze schwebte nur Millimeter darüber hinweg. Gleich würde sie tief eindringen, die Außenhaut aufschlitzen und eine hässliche Wunde reißen, den Wagen entstellen, einmal rundherum. Er würde sich laben am Gefühl zu verletzen und am Gekreische, wenn Metall auf Metall kratzt. Sein Arm begann zu zucken vor Erregung und sein ganzer Körper spannte sich an. Gerade spürte er, wie er die Zähne fletschte, da kam ihm ein hässlicher Gedanke in die Quere: Sein Chef würde Eins und Eins zusammenzählen, wenn er nachher seinen blutenden Wagen sah, direkt am Abend nach dem heftigen Streit mit einem seiner Mitarbeiter. Einem ganz bestimmten Mitarbeiter. Fuck! Urplötzlich wich die Lust der Angst. Sofort zog er seine Kralle ein und schaute sich um. Doch dann ging er zum rechten Außenspiegel und setzte sie wieder an, unten am Spiegelgehäuse, dort, wo niemals irgendjemand hinblicken würde. Das Kreischen bleibt aus, das Gefühl von Metall in Plastik bereitete ihm keine neue Lust. Die Wunde war nicht tief, sie war auch nicht lang. Dennoch befriedigte sie ihn für den Moment. Er ließ ab von seinem Opfer und eilte zurück zu seinem Wagen.

Er wollte nach Hause fahren, doch er scheute sich, den Zündschlüssel zu drehen. Eigentlich wollte er gar nicht nach Hause. Was sollte er da? Er hatte keine Lust, den Abend allein vor dem Fernseher zu verbringen. Wozu also dort aufkreuzen? Doch er musste sichergehen und wählte die Kurzwahl seiner Mailbox.

»Martin, ich bin's«

Na toll, da war er, sein Name. Meist nannte sie ihn Schatz. Wenn sie aber seinen Vornamen benutzte, folgte niemals etwas Gutes.

»Du, wir können heute Abend nicht essen gehen.«

Früher hatte sie ihn Wuschel genannt, erinnerte er sich, da hatte er noch langes Haar, oder Süßer oder Chaosbär, und im Bett meist Honey oder Darling oder Baby.

»Ich habe dem Babysitter schon abgesagt.«

Seit ihre Tochter auf der Welt war, sagte sie nur noch Schatz zu ihm und immer öfter Martin. Martin machte ihn zu einem Niemand, fand er, bestenfalls zu einem Irgendjemand mit einem Allerwelts-namen.

»Die Kleine ist krank.«

Klar war sie krank. Schon heute Morgen sah sie kränklich aus. Da hatte er schon geahnt, dass sie etwas ausbrütete. Jeder gute Vater hätte das geahnt, und jeder Ehemann hätte um das Date mit seiner Frau gefürchtet.

»Ich schlafe heute bei ihr im Bett.«

Lieber bewachte sie also den Schlaf ihrer Tochter, als mit ihm ein romantisches Abendessen zu genießen. Sie war eine engagierte Mutter, eine Glucke vielleicht.

»Essen steht im Kühlschrank.«

Aha, eine gewissenhafte Ehefrau war sie wohl auch. Nur die Liebhaberin war ihr abhandengekommen, dachte er, oder sie hatte sie eingesperrt in einem Käfig im Keller, an die Kette gelegt und dann vergessen. Er hatte sie nicht vergessen, aber auch schon sehr lange nicht mehr gesehen.

»Bis morgen früh also.«

Achtlos ließ er sein Handy auf den Beifahrersitz gleiten. Er hatte es längst gewusst und wunderte sich selbst, wie enttäuscht er jetzt war, nachdem er es gehört hatte. Und in diese Enttäuschung hinein traf ihn jetzt dieses heikle Gefühl, und es traf ihn heftiger als jemals und erwischte ihn unachtsam und voller Verbitterung. Es war das Gefühl, heute noch nicht gelebt zu haben. Man hatte ihn übervorteilt, betrogen um die schönen Momente des Tages, um das Genießen, um das Erleben – um das Leben. Er wollte nicht nach Hause, im Gegenteil. Er sehnte sich nach Abenteuer, nach Gefahr, nach dem Kick, etwas Verbotenes zu tun, etwas Verachtenswertes. Er wollte die Grenzen überschreiten, die sein braves Leben absteckten. Er wollte wissen, wollte spüren, was dahinter lag. Doch er wusste auch, dass er dazu zu feige war.

Er ließ den Motor an und setzte rückwärts aus der Parklücke. Dann legte er den Vorwärtsgang ein und gab Vollgas. Der Motor heulte auf, die Reifen quietschten. »Woooow«, rief er. Der Wagen zog wie Sau! Das hatte er ihm nicht zugetraut, und ausprobiert hatte er es auch noch nie. Nach kaum zwei Sekunden, kurz vor der Einmündung auf die Hauptstraße, machte er eine Vollbremsung – ebenfalls zum ersten Mal in seinem Leben. Er wurde in den Gurt gepresst und spürte, wie etwas in seinem Innern protestierte. »Was soll das?«, hörte er. »Wer bremst, hat Angst, du Feigling! Tu es endlich! Worauf wartest du noch?«

»Ich kann nicht«, rief er und fuhr den Wagen auf die Straße. »Es sei denn, du hilfst mir.«

Erneut trat er das Gaspedal bis auf den Fahrzeugboden und ließ sich in den Sitz pressen. In ihm begann es wieder zu toben.

»Ja, gib Gas!«, rief das Tier, doch Martin hörte noch immer auf seine Angst.

»Nein, geschlossene Ortschaft! Ich darf hier nicht schneller.«

»Egal! Gib Gas!«

»Nein, ich bremse jetzt wieder.«

Diesmal war es heftiger. Er wurde nach vorn geschleudert, viel stärker, als er erwartet hatte, und der Gurt schnitt in sein Fleisch. Der Schmerz ließ ihn aufschreien, und das Tier wurde noch wütender.

»Da siehst du, wohin dich deine Angst bringt, du Idiot! Lebe endlich! Du hast es dir verdient!«

Allerdings! Stets tanzte er nach der Pfeife anderer. Jetzt war er mal dran. Wieder fletschte er die Zähne und spürte, dass er sich nicht mehr im Griff hatte – und er genoss es, dass ihn niemand im Griff hatte.

»Also los«, bestimmte er. »Fahren wir. Erleben wir was!«

Als er die letzten Straßenlaternen der geschlossenen Ortschaft hinter sich ließ, stand die Tachonadelspitze genau über der Hundert. Noch immer spürte er das Bodenblech unter seiner Fußsohle. Die Welt raste immer schneller an ihm vorbei. Die Welt, sie bestand aus Dunkelheit hier draußen, denn er hatte wieder einmal viel zu lange gearbeitet. Es war Anfang Oktober, und die Sonne war längst untergegangen. Vor sich sah er nur die Straße im Licht seiner Scheinwerfer.

»Wofür brauchst du Licht?«, schrie ihn das Tier an. »Du kennst die Strecke im Schlaf!«

Nur für einen ganz kurzen Moment verlor er die Orientierung, als es vor ihm dunkel wurde. Doch er lebte auf dem platten Land und die Straßen hier verliefen schnurgerade, kilometerweit. Er hielt das Steuer fest in der Hand und richtete sich auf in seinem Sitz. Bald erkannte er wieder die Straßenbegrenzungen. Sie schimmerten im Restlich des Tages. In der Ferne zogen die roten Lichter der Windparks vorbei. Wie schön sie im Gleichtakt blinkten, dachte er, während er immer schneller fuhr. Er wusste, die höchste Zahl auf seinem Tacho war die Zweihundertvierzig. Wie schade, dass er ohne Licht nicht sehen konnte, wie nah er schon dran war. Würde er jetzt einen der vielen Bäume am Straßenrand mitnehmen, bliebe jedenfalls nicht mehr viel von ihm übrig.

»Wozu also der Gurt?«, schrie das Tier.

Ja richtig, wozu der Gurt? Sofort schnallte er sich ab. Trotzig stierte er dem Tod in die Augen. Das Tier tobte in ihm, und Mut und Kraft durchfuhren seinen Körper. Sein Leben zu riskieren fühlte sich an wie pures Leben. Er begriff, dass er seine Feigheit endlich besiegt hatte – und genau in diesem Moment bemerkte er vor sich das Licht. Er raste direkt darauf zu und würde es sehr bald erreichen. Es blinkte ihn verlockend an, zwar auch rot, aber in einem anderen Takt, als die Windräder rechts und links. Er kannte dieses Licht. Er fuhr jeden Tag daran vorbei.

»Tu es!«, hörte er sich rufen. Er hatte Blut geleckt, und er wollte mehr davon.

»Hi Liebling«, sprach er auf die Mailbox, während er versuchte, die Spur zu halten. Der Schweiß brach ihm aus, und das Licht kam schneller näher, als er gedacht hatte.

»Ist nicht schlimm mit dem Essen.«

Er musste sich kurz fassen! Schon erkannte er das Haus, an dem das Licht hing.

»Ich hätte auch nicht gekonnt.«

Blinkend erleuchtete es die scharfe Kurve, die die Straße davor machte.

»Der Alte hat mich für eine Fortbildung angemeldet und heute ist der erste Abend.«

Wehtun wollte er zwar niemandem mehr, doch er wusste, er würde es tun.

»Ich werde wohl jetzt jeden Dienstag spät nach Hause kommen, tut mir leid, Chérie.«

Er wollte mehr, noch mehr erleben heute. Er wollte mehr leben! Und endlich hatte er den Mut dazu. Das musste doch auch seiner Frau lieber sein, als wenn er sich hier zu Tode führe.

»Schlaf gut und gib der Kleinen einen Kuss von mir.«

Er trat auf die Bremse. Das Handy rutschte ihm aus der Hand, als er sich am Lenkrad abstützte. Hässlich prallte es gegen die Windschutzscheibe, und ohne Gurt hatte er Mühe, ihm nicht zu folgen. Wie gebannt starrte er auf das betörende Licht direkt vor ihm an dem verruchten Haus. Wie an jedem Abend, strahlte es weit über das Land und zog Männer an wie Motten.

Jetzt war es Abend.

Und er war ein Mann.

Unverklärt verliebt

Anna hat endlich einen Freund. Er ist ihr erster fester Freund überhaupt, und er ist sehr aufmerksam. Fühlt sie ein neues Bedürfnis in sich aufkommen und grübelt darüber nach, wie sie es ihm mitteilen will, so kommt er ihr meist zuvor und stillt es, ehe sie auch nur den Mund öffnen kann. Schaut sie ihm in die Augen, so meint sie bisweilen zu erkennen, wie er seinerseits in ihren forscht, ob es dort nicht Wünsche zu lesen gibt. Und wenn sie sich nicht vorsieht und einen von ihnen nicht tief genug in sich vergräbt, so findet sie ihn nicht selten anderntags erfüllt. Diese und nicht wenig andere seiner Eigenschaften sind unleugbar dazu geeignet, eine Frau in den siebten Himmel zu heben, doch Anna achtet peinlich darauf, dass ihr gerade dies nicht widerfährt.

Sie ist vielleicht verliebt, doch ganz sicher nicht verklärt.

Wie jeden Freitag trifft sich Anna mit ihrer besten Freundin im Café. Kerstin ist durch die Hölle gegangen und ihr gerade erst entronnen.

»Klodeckel, Zahnpastatube, Socken im Bett, die ganzen typischen Standards eben«, resümiert sie bitter. Kerstin muss als Expertin gelten in Sachen Männer, ist sie doch mit vielen schon zusammengekommen.

»Ich kenne sie alle. Mir macht keiner mehr was vor«, beteuert sie und Anna ist beeindruckt, auch wenn sie es für durchaus möglich hält, dass Kerstin ein bisschen dick aufträgt. Immerhin: Anfangs wirkte selbst sie durch die Liebe zu ihrem neuesten Ex-Lover nahezu erblindet.

»Philipp ist so liebevoll, richtig zärtlich«, hat sie vor sechs Wochen noch im Dunkeln getappt. »Weißt du was? Ich habe das richtig geile Gefühl, er behandelt mich voll mit Respekt.«

Dies allerdings war ein echter Fortschritt und etwas wahrhaft Neues, was der turnusmäßig fehlsichtigen Kerstin da widerfuhr, und Anna freute sich natürlich für sie. Das Fiasko mit den Socken, den Delikten im Bad und all den anderen Standards hat zu jenem Zeitpunkt allerdings noch niemand erahnen können.

Annas Freund heißt Lukas. Er ist groß und schlank, aber nicht hager. Sein aufrechter Gang, seine Art, sich zu bewegen, sein Duft und sein offener Blick – Anna ist sich bewusst, dass er der Traum vieler Frauen sein könnte. Er trägt eine elegante Brille und noch immer volles Haar, obwohl er bereits an die vierzig Lenze zählt.

»Bernie hatte auch so eine Matte«, schildert Kerstin. »Die habe ich ihm ja noch durchgehen lassen, aber später musste es dann unbedingt noch der Vollbart sein. Das pikst so dermaßen!«

Dann stellte sie Bernie vor die Wahl, erinnert sich Anna: der Vollbart oder Kerstin. Anders als ihre heulende Freundin hat Anna nicht getrauert um ihn, zumal seine schrille Stimme ihr immer in den Ohren klingelte.

Lukas' Stimme dagegen ist tief. Sanft und einfühlsam sucht sie sich stets neue Wege in ihr Herz, und oft spürt Anna ein Kribbeln in der Brust, wenn er spricht. Was er sagt, hat Hand und Fuß oder lässigen Witz. Sein Humor steckt sie an. Sie lacht gern und viel mit ihm, und wenn sie über tiefgreifende Dinge sprechen, bewundert sie seinen Scharfsinn. Manchmal beängstigt es sie, wenn sie bemerkt, wie sehr sie an seinen Lippen hängt.

»Erst nach drei Monaten mit Matthes ist mir aufgefallen, dass er immer dieselben Schoten gerissen hat«, gibt Kerstin heute zu. So weit ist es mit Lukas noch nicht, denkt Anna, doch das kann selbstredend noch kommen.

»Eigentlich waren alle für die Tonne«, mäkelt Kerstin. »Sven war viel zu still. Das ist mir erst aufgefallen, als wir zusammen in Urlaub gefahren sind. Hansi fing plötzlich an zu klammern, Friedo hat heimlich gesoffen, Martin hat sich als depressiv entpuppt. Außerdem hat er geschnarcht. Marcel war den ganzen Tag nur am Daddeln und Hannes hing immer mit diesen echt fiesen Typen rum. Der andere Hannes hat sich von mir aushalten lassen, Eugen dagegen viel zu viel gearbeitet. Sören ... äh, weiß nicht mehr, was mit dem war, irgendwas war aber. Ach ja, und Oschi hat was mit mir angefangen, als er noch mit Biggi zusammen war, und mit Milla und Karin, als er noch mit mir zusammen war.«

Überhaupt sei es mit der Treue der Männer nicht weit her. Die meisten ihrer Ex-Kerle hätten sicher immer was nebenher laufen gehabt. Aber das müsse wohl so sein, und wer das nicht wolle, müsse wohl die Finger davonlassen.

Die Finger davonlassen? Anna wünscht sich schon lange einen festen Freund, schon sehr lange. Sie ist wahrhaftig nicht gern allein, fürchtet sich geradezu davor. Stattdessen kuschelt sie sich gerne an einen warmen Vertrauten und lässt sich einfach nur festhalten. Sie liebt es, dabei all ihre Gedanken fliegen zu lassen oder langsame, entspannte Gespräche zu führen. Sie geht nicht gerne aus, bleibt lieber in trauter Zweisamkeit daheim bei einem gemütlichen Essen, mit einem gemeinsam gelesenen Buch oder auch mal eng aneinandergeschmiegt vor dem Fernseher. Dass ihr all dies mit Lukas so perfekt gelingt, macht die Sache nicht gerade einfacher. Was nützt ihr eine verwandte Seele, wenn diese über kurz oder lang doch ihr wahres Inneres offenbaren wird? Anna fühlt sich einfach nicht stark genug, sich dann mit zutage tretenden Marotten herumzuschlagen, mit verqueren Ansichten, mit Alkoholismus und schlechten Manieren. Und schon gar nicht mit Fremdgehen!

Lukas ist ein biblischer Name, überlegt Anna. Ob man daraus wohl den Schluss ziehen kann, dass er eine christliche Erziehung genossen hat? Und könnte es sein, dass er von daher mehr von Treue hält als andere? Anna ist sich unsicher.

»Religiöse Typen sind überhaupt die schlimmsten!«, weiß Kerstin zu berichten. »Die kommen furchtbar lieb daher, aber wenn sie dich dann an der Angel haben, verlangen sie völlig abgefahrenes Zeugs. So wie Micha ... äh ... nein Alex.«

Mit Alex wäre Kerstin damals gerne zusammengezogen, aber das habe er kategorisch abgelehnt. Überhaupt, Sex vor der Ehe und so, keine Chance. Enthaltsamkeit habe er über sie beide verhängt. Wer solle das aushalten?

Doch Kerstin ist im Stande, noch weitere himmelschreiende Dinge aufzuzählen. Nach Beschneidungen und rituellen Hinrichtungen bildet die Burka den Höhepunkt ihrer Liste religiöser Obskuritäten. Gewiss ist die Burka kein Steckenpferd speziell der Christenheit, der Lukas ja seinen Namen verdankt, aber Anna begreift, was Kerstin ihr mitzuteilen versucht. Auch, wenn es nicht so erscheint, als sei Lukas religiös umnachtet – sicher kann sie sich darin nicht sein. Sind nicht gerade religiöse Extremisten geschickt darin, sich in der Gesellschaft unauffällig zu geben? Gerade Lukas' ausgeprägte Höflichkeit und Hilfsbereitschaft sind doch geeignet, wahre Absichten zu verschleiern. Das könne alles eine verdammte Masche sein, würde Kerstin jetzt mahnen, könnte sie Annas inneren Gedankengängen folgen. Anna jedenfalls missfällt es sehr, ihrer Freundin hierin beipflichten zu müssen, hatte sie doch in ihrer Naivität gehofft, Lukas wäre schlicht von sich aus ein so lieber Mensch.

Kerstin schaut Anna eindringlich an.

»Ich weiß«, hält sie ihr zugute, »du bist noch nicht sehr erfahren. Du kannst die Kerle eben noch nicht richtig einschätzen. Wie auch? Du fängst ja gerade erst an. Das braucht jahrelange Übung, glaub mir. Aber wenn du meinen Rat hören willst, dann sage ich: Lukas scheint echt eine Klasse für sich zu sein. Ist vielleicht der Hauptgewinn. Gib ihm eine Chance. Wenn du's nicht machst, mach ich's noch.«

Anna nickt. Ratschlägen ihrer besten Freundin folgt sie gern. Kerstin kann sie vertrauen. Noch nie wurde sie enttäuscht, wenn sie auf ihre Empfehlungen gehört hat. Immerhin ist sie drei Jahre älter als Anna und schöpft aus einem ungleich größeren Erfahrungs-Pool. Sie kann auch viel analytischer denken. Wo Anna aus dem Bauch heraus handelt, gebraucht Kerstin ihren Verstand.

Auch in dieser Angelegenheit wird Anna also wohl auf ihre Freundin hören müssen. Nur gut, dass ihr nicht der beißende Zynismus in Kerstins Schlussfolgerung entgangen ist.

»Wenn du's nicht machst, mach ich's noch.«

Ja, ja. Es war wirklich zu absurd anzunehmen, gleich beim ersten Versuch den Hauptgewinn zu ziehen, wo Kerstin doch schon so viele Lose durchprobiert hat.

»Lukas scheint echt eine Klasse für sich zu sein.«

Lukas eine Klasse für sich. Ja, gut gesprochen! Lukas ist der beste von allen, weiß Anna jetzt, der fähigste und dreisteste Blender von allen.

Dank Kerstin hat das nun ein Ende. Alles hat nun einmal seine Grenzen, und die erkennt Anna jetzt als überschritten. Ein so durchtriebener Schweinehund, der sie mit schleimiger Freundlichkeit um den Finger zu wickeln versucht, ein verschlagener Blaubart, der ihr das Leben vielleicht nicht nehmen, aber gänzlich zur Qual machen könnte, würde sie ihm nur den kleinen Finger reichen – so einer ist ihrer Liebe einfach nicht wert! Früher oder später würde er entweder zum Terroristen werden, oder sie mit einer dahergelaufenen Schlampe hintergehen. Darüber jedenfalls kann er sie jetzt nicht mehr hinwegtäuschen, auch nicht mit der uferlosen Zuneigung, die er ihr allenthalben aufzudrängen versucht.

Vielleicht, so muss sie sich eingestehen, war sie doch ein klein wenig verklärt in den vergangenen Tagen. Aber endlich, endlich weilt sie wieder unter den Sehenden!

Nur verliebt ist sie jetzt nicht mehr.

Keine hundert Jahre

Angst und Schrecken verhüllten das Gesicht meines Onkels, als ich seinen winzigen Laden betrat.

»Bist du verrückt?«, warf er mir entgegen. »So hier aufzutauchen!«

Er trat hinter seiner Theke hervor und spähte aus dem Fenster.

»Was, wenn die Polizei dich hier sieht?« Hastig schloss er die Ladentür. »Oder ein Kunde!«, ergänzte er noch und nahm ein aufgerolltes Leinentuch aus dem Regal.

»Onkel«, sagte ich, doch weiter kam ich nicht.

»Sind dir drei Wochen Gefängnis nicht genug?«, schimpfte er, entrollte das Tuch und warf es mir über den Kopf. Ich ließ es geschehen, hatte ich doch schon vorher gewusst, dass er so oder ähnlich reagieren würde. Mein Onkel war ein Angsthase, aber auch ein herzensguter Mann. Es war kein Zufall, dass ich mich an ihn wandte.

»Ich werde mich nicht verstecken«, sagte ich und stellte meinen Koffer ab.

»Allah steh mir bei!«, flehte er und drängte mich Richtung Hinterzimmer. Ich stemmte mich gegen ihn und riss mir das Tuch vom Kopf.

»Ich werde mich nicht verstecken, Onkel!«

Böse starrte er mich an. Ich starrte zurück. Das konnte ich gut, und er kannte mich gut – gut genug jedenfalls, um zu wissen, dass er an diesem Punkt verloren hatte.

»Warum bist du nur so stur?«, fragte er und schielte wieder aus dem Fenster. »Noch einmal werden sie nicht so milde urteilen. Diesmal bringen sie dich um.«

»Das werden sie nicht«, widersprach ich.

»Natürlich werden sie das. Hat dein Vater dir nicht von den Todesurteilen erzählt? Fünf in den letzten zwei Wochen!«

Doch, das hatte er. Es hatte mich wie ein Schlag getroffen. Das Gefängnis war schon die Hölle gewesen, doch auch hier draußen tobte der Teufel. Der neue türkische Staatsführer ging zügig und entschlossen vor und duldete keinen Widerstand gegen seine neuen Gesetze. Doch gerade an den unseligen Bekleidungsvorschriften entzündete sich der Widerstand, trafen sie doch die breite Bevölkerung tief in ihrem Privatleben.

»Glaub mir, sie bringen dich um.« Die Stimme meines armen Onkels klang gebrochen. »Sie bringen uns beide um, wenn sie dich hier erwischen.«

»Sie werden mich nicht erwischen. Nicht, wenn du mir hilfst.«

»Dir helfen? Wobei? Willst du den Präsidenten stürzen?«

Ich musste lachen. »Ja, natürlich will ich das! Willst du das denn nicht?« Doch meinem Onkel war nicht zum Lachen zumute. »In der Moschee wollen sie das alle«, fügte ich kleinlaut hinzu.

»Ja, in der Moschee vielleicht. Weil dort niemand die alten Zöpfe abschneiden will. Mir aber gefällt, was Mustafa Kemal macht. Es ist gut für mich, verstehst du? Ich habe schon immer mit europäischen Gütern gehandelt. Jede Öffnung nach Westen ist gut für mein Geschäft. Ein modernes Land ist gut für mein Geschäft. Es ist gut für uns alle, für Reiche und Arme, für Männer wie für Frauen. Wieso muss ich alter Mann dir das sagen? Und wieso hält gerade ein so junger Mensch wie du an diesem verstaubten Ding fest?«

Wütend schob er sich an mir vorbei und nahm seinen Hut von der Theke. Dann ging er Richtung Tür.

»Wo willst du hin?«, fragte ich.

»Zu deinem Vater. Er soll dich abholen und ordentlich verprügeln.«

Ich fasste ihn beim Arm. »Tu das nicht, bitte! Hilf mir lieber.«

»Was hast du vor?«, fragte er forschend und blickte auf meinen Koffer. »Willst du ...«

»... weg«, unterbrach ich ihn.

»Weg? Weg von zu Hause? Wo willst du denn hin? In den Osten? Du willst in den Osten! Du willst zu den Frommen im Osten und mit ihnen gegen den Staat kämpfen! Du willst ...«

»Onkel«, unterbrach ich seine Sorgen. »Sehe ich so aus, als könnte ich ein Gewehr tragen? Glaubst du denn wirklich, ich wollte zu denen, die noch viel mehr vorschreiben, als Mustafa Kemal es tut? Kennst du nicht deinen Bruder, meinen Vater? Ja, er hat mich zu Gottesfurcht erzogen, aber auch zu Weltoffenheit. Ich liebe den Westen. Ich liebe das moderne Leben. Ich will studieren, Ingenieur werden. Aber das kann ich nicht in diesem Land, das mir sogar vorschreibt, wie ich meinen Kopf zu bedecken habe. Ich will nach Frankreich oder England, denn dort darf ich sein, wie ich bin. Aber ich habe kein Geld, und deshalb brauche ich deine Hilfe.«

»Dein Vater würde mich umbringen.«

»Das wird er nicht, das weißt du.«

»Du kannst hier in Ankara studieren. Gibt es eine bessere Universität? Wirf dieses Ding weg und setze einen Hut auf. Was ist denn dabei?«

Mein Onkel hielt mir seinen Hut hin. Er war so gut wie neu, etwa fünf Wochen alt. Vor fünf Wochen, am 28. November 1925, war das Gesetz in Kraft getreten, das allen Türken den Hut als Kopfbedeckung vorschrieb. Turban und Fes waren bei Strafe verboten. Keine hundert Jahre zuvor hatte der Sultan seinen Beamten den Fes fest vorgeschrieben, jetzt hatte ihn der Gründer der jungen Republik verboten, unter dem Vorwand der Modernisierung. Für mich war das Gleichmacherei und Nationalismus. Warum predigte er stattdessen nicht die Vielfalt in der Einheit? Noch vor Kurzem, im ach so altmodischen Osmanischen Reich, lebten Muslime, Christen und Juden friedlich nebeneinander, solange es nicht nationalistisch motivierte Kriege gab. Jetzt schürte Mustafa Kemal den Hass im eigenen Land, indem er Landsleute unterdrückte. Womöglich würde er auch noch den Frauen das Kopftuch verbieten! Was glaubte er damit zu erreichen? Dass alle sagen: Ja, wir folgen dir blind, oh Vater aller Türken? Ich war überzeugt, dass man Traditionen nicht einfach verbieten konnte. Es würde sicher keine weiteren hundert Jahre dauern, bis Fes und Turban wieder erlaubt wären. So lange konnte ich aber nicht warten.

»Mein Turban«, begann ich und streichelte das gewundene Tuch auf meinem Kopf, »mein Turban gibt mir Kraft, Onkel. Er gehört zu mir, seit ich denken kann. Mein Vater hat ihn getragen und sein Vater vor ihm. Auch dich, Onkel, kenne ich nur mit Turban. Der Turban erinnert mich an meine Wurzeln. Ja, ich liebe den modernen Westen. Ich möchte eine gebildete Frau heiraten, so wie auch Mustafa Kemal es getan hat, und als Ingenieur möchte ich in der Welt herumkommen. Und überall soll mich mein Turban an meinen Gott erinnern und an die Heimat, an mein Zuhause, an meine Familie und all die Menschen, die ich liebe. Mein Turban ist meine Stütze, wenn ich allein bin. Er gibt mir Sicherheit in unsicheren Zeiten. Ohne meinen Turban bin ich zerrissen, Onkel, bin ich ein seelenloser Mann, selbst hier in meinem Heimatland. Und ich sehe nicht ein, dass ich ihn wegwerfen soll, nur weil diese militanten Staatsumstürzler auch einen tragen und dabei einen grausamen Gottesstaat wollen.«

In diesem Moment öffnete sich die Ladentür. Ein Mann stand da und starrte mich an. Mein Onkel und ich starrten zurück. Dann machte der Mann kehrt und trat wieder aus dem Laden. »Ich habe nichts gesehen«, behauptete er und hob beschwichtigend beide Hände. Dann verschwand er um die Ecke.

»Du bleibst hier«, befahl mein Onkel ungewöhnlich streng, setzte seinen Hut auf den Kopf und verließ ebenfalls den Laden. »Sie werden uns alle umbringen«, hörte ich ihn noch jammern.

Ich trat ans Fenster. Auf der anderen Straßenseite sah ich den Mann. Mein Onkel stand bereits bei ihm und redete auf ihn ein. Ich kannte diesen Mann. Als Kind schon hatte ich ihn oft bei meinem Onkel im Laden gesehen. Er war Geschäftsmann aus Istanbul und kannte dort viele Reedereien. Was für ein Glück, dachte ich, dass er hereingekommen war und mich nicht verraten wollte. Er war ein Freund, und jetzt sogar ein Mitwisser. Ich wusste, mein Onkel handelte einen guten Preis aus für meine Fahrkarte in die Freiheit.

Doch ich wusste auch, dass mir dieser Herr nur dann die Überfahrt organisieren würde, wenn ich zumindest auf dem langen Weg zum Meer meinen Turban ablegen würde. Ich schämte mich. Ich schämte mich vor den fünf Männern, die in den Tod gegangen waren. Im Gegensatz zu ihnen würde ich nun doch meinen Turban verleugnen. Erst auf dem Schiff würde ich ihn wieder tragen dürfen – ich würde ihn also ablegen, um ihn tragen zu dürfen. Absurd war das. Aber so musste es wohl sein in einer absurden Welt voller Nationalismus, in der so vielen Menschen so viele Dinge vorgeschrieben wurden.

Ich brauchte noch einen Hut, fiel mir ein, einen westlichen mit unpraktischer Krempe, die das Beten auf dem Gebetsteppich verhinderte. Vielleicht würde mein armer Onkel mir seinen überlassen.

Kaputt

Ich blicke vom Smartphone auf und schaue aus dem Fenster. Die Straßenbahn bimmelt wie wild, als ob dadurch Autos repariert werden könnten. Ein PKW steht auf den Schienen und rührt sich nicht. Abgesoffen wahrscheinlich oder sonst irgendwie kaputt, ausgerechnet jetzt zur Rushhour. Das schafft Konfliktpotential im Feierabendverkehr. Alle wollen nach Hause: Autofahrer, Fußgänger, Radler und wir Kunden des öffentlichen Nahverkehrs.

Pling. Mein Handy vibriert in meiner Hand. Eine Nachricht. Bestimmt wieder von meiner Mutter. Ganz sicher von meiner Mutter. Ich schließe das Uni-Skript und öffne die Nachricht.

»Hallo Nils. War eigentlich cool gestern. Will unbedingt mit dir«

Huch! Na, das ist sicher nicht meine Mutter. Mein Gott, das ist Viola! Tatsächlich, das Display nennt mir Viola als Absender. Dass sie sich jetzt schon meldet! Dass sie sich überhaupt meldet, ist irre. Gehofft habe ich das natürlich, immerhin habe ich die halbe Nacht wach gelegen wegen ihr. Und jetzt schickt sie mir eine Nachricht!

»... Will unbedingt mit dir«

Sie will unbedingt mit mir – was? Schlafen? Oder nur reden? Sie will sicher mit mir schlafen! Unsinn. Bestimmt nur reden. Da muss doch noch was kommen! Ich versuche, weiter runter zu scrollen. Aber da kommt nichts mehr. Die Nachricht endet mit »Will unbedingt mit dir«. Aber was nur?

Schlafen! Lieber Gott, lass es schlafen sein!

Wieder und wieder wische ich auf dem Display herum. Die Nachricht darf einfach nicht mit »... unbedingt mit dir« enden! Das würde doch niemand so verschicken. Da stimmt doch was nicht. Ich muss die Nachricht noch mal neu öffnen. Also klicke ich sie weg – ich versuche es jedenfalls. Warum geht diese blöde App nicht zu? Hatte ich das nicht neulich schon mal? Ja, das hatte ich schon einmal. Ich bekam eine Nachricht, und dabei stürzte mein Handy ab. Komplett. Nicht auszudenken, wenn das jetzt wieder so ist!

»Viola«, flüstere ich, und ich hoffe, dass mich niemand hören kann. Meine Sitznachbarin ist glücklicherweise eine alte Dame, sicher über siebzig. Die hört bestimmt nichts. »Viola«, flüstere ich weiter, »ich will doch auch mit dir ...«

Panisch drücke ich den Ausschalter, aber nichts geschieht – komplett eingefrorener Bildschirm, wie neulich. Ich muss das Teil neu starten, also muss der Akku raus. Ich weiß, dass man bei meinem Smartphone den Akku nicht wechseln kann, jedenfalls nicht ohne Spezialwerkzeug, und schon gar nicht in einer vollgestopften Straßenbahn. Trotzig suche ich dennoch nach einem versteckten Ritz, einem geheimen Druckpunkt, einem mir unbekannten Mechanismus, der diesem dösigen Ding den Akku entreißt. Doch natürlich finde ich nichts. Also muss ich warten, bis ihm der Saft ausgeht. Neulich hat das sechsunddreißig Stunden gedauert. Katastrophe! Das ist die Voll-Katastrophe!

Wütend schlage ich mit dem Handy gegen den Vordersitz. Die Dame neben mir schaut zu mir herüber. Ich reiße mich zusammen und schaue aus dem Fenster. Viola wird sicher nicht ewig auf eine Antwort warten. Ich muss mich bei ihr melden, aber wie nur?

»Ist Ihr Telefon kaputt?«

Ich spüre, wie meine Sitznachbarin mich noch immer mustert.

»Ja, leider«, antworte ich, ohne sie anzusehen.

»Sie müssen es neu starten.« Was weiß die denn von neu starten? »Mein Sohn muss seins auch immer neu starten.«

»Aha«, sage ich.

»Haben Sie es schon neu gestartet?«

»Nein«, sage ich. »Ist abgestürzt.«

»Ja, deswegen müssen Sie es ja neu starten.«

»Ja, ich weiß«, versichere ich ihr. »Der Ausschalter reagiert aber nicht.«

»Ach so«, gibt sie klein bei. »Sie Ärmster.«

Ich nicke und betrachte die Passanten auf dem Gehsteig. Gefühlt jeder zweite hält sich ein Smartphone ans Ohr und telefoniert. Kaum jemand von denen hat was wirklich Wichtiges zu sagen, das weiß ich genau. Nur ich muss dringend mit meiner Traumfrau reden, und ausgerechnet mein Handy ist kaputt. Inzwischen ist mir fast egal, was Viola mit mir will.

»Sie müssen die Batterie herausnehmen«, höre ich die Dame wieder. »Das macht mein Sohn auch immer.«

»Kann man nicht«, entgegne ich und zucke mit den Schultern.

»Sie müssen die Rückseite abnehmen, und da ist dann ...«

»Nein!«, fahre ich sie an, und das tut mir natürlich sofort leid. »Sehen Sie«, füge ich so freundlich hinzu, wie es meine Viola-Panik zulässt. »Bei meinem Modell ist der Akku fest eingebaut. Den kann man nur in einer Werkstatt herausnehmen.«

»Ach«, sagt sie. »Wie dumm ist das denn?«

»Wem sagen Sie das?«, antworte ich und lächle so gut ich kann.

»Sie haben es eilig zu telefonieren, richtig?«

Ich nicke.

»Sie haben eine wichtige Nachricht bekommen, nicht wahr?«

Wieder nicke ich. Warum lässt sie mich nicht einfach in Ruhe?

»Dann nehmen sie doch mein Telefon«, schlägt sie vor und kramt in ihrer Handtasche.

»Nein danke«, sage ich schnell. »Das ist nicht nötig.«

»Nicht nötig? Na hören Sie mal, Ihre Viola wird sicher nicht ewig auf eine Antwort warten.«

Ich erschrecke wie selten in meinem Leben. Woher

weiß die von Viola?

»Sie sollten eine Frau nicht zu lange warten lassen, junger Mann. Merken Sie sich das gut.«

Während sie weiter in ihrer Tasche kramt, starre ich auf ihr Ohr. Ein Hörgerät lacht mir entgegen, kaum zu erkennen und damit sicher top-modern. Sie hat mich belauscht. Diese Alten sind technisch immer besser ausgerüstet, denke ich. Als sie mir ihr Handy reicht, verwerfe ich diesen Gedanken jedoch sofort wieder.

»Hier bitte sehr. Rufen Sie sie doch an.«

Ich nehme einen klobigen Klotz mit vielen Tasten und einem winzigen Einfarb-Display entgegen.

»Ich ... ich habe ihre Nummer gar nicht«, wende ich ein und reiche ihr das Relikt aus dem vergangenen Jahrtausend zurück.

»Sie haben ihre Nummer nicht?«

»Nur im Handy, aber das ist ja kaputt.«

»Ach, wie dumm ist das denn?«

Wieder muss ich nicken. Und wieder schaue ich aus dem Fenster.

»Meine Verehrer haben mir ihre Nummern ja immer auf meinen Unterarm geschrieben. Dabei konnte ich dann auch schon mal beurteilen, wie sie so mit einer Frau umgehen konnten.«

Sie kichert und scheint sich plötzlich zu fragen, ob sie nicht gerade zu intim wird.

»Rufen Sie doch die Auskunft an«, schlägt sie vor.

»Sie hat nur eine Handynummer, die hat die Auskunft nicht.«

»Na, da müssen Sie Ihre Viola wohl persönlich aufsuchen.«

»Ich weiß nicht, wo sie wohnt«, erwidere ich und die ganze Hoffnungslosigkeit meiner Situation steht mir vor Augen.

»Ja, was wissen Sie denn überhaupt von ihr?«

Ich zögere. Warum sollte ich einer wildfremden alten Frau von Viola erzählen? Hier geht es eindeutig um eine Paarbeziehung, eine – vermutlich – intime Paarbeziehung sogar, wäre nur mein blödes Handy nicht kaputt.

»Sie heißt Viola Valentini«, beginne ich. Es ist der Frust, der mich reden lässt. »Sie studiert im dritten Semester Physik, überlegt aber zu wechseln und Soziologie zu studieren, genau wie ich. Sie wohnt in irgendeinem Studentenwohnheim hier in der Stadt, in einem sehr großen Wohnheim, einem mit Aufzug. Woher ich das weiß? Ich habe sie gestern in einem Aufzug kennengelernt, in der Uni-Bibliothek. Der

Aufzug war kaputt, steckengeblieben. Wir waren zwei Stunden zusammen eingesperrt – zwei wunderbare Stunden. Wir haben viel geredet, über alles mögliche und so. Sie kommt aus Hamburg, spielt gern Squash, kann reiten aber kein bisschen kochen. Sie hat ein Zweier-Abi, hasst Nazis und abgeschlossene Räume. Sie will nie wieder in einen Aufzug steigen, hat sie gesagt, auch nicht – Achtung! – in den ihres Wohnheims. Höchstens mit mir zusammen, hat sie dann noch gesagt, aber aus Spaß natürlich – glaube ich. Wir haben unsere Nummern ausgetauscht. Ich dachte aber nicht, dass sie sich so schnell meldet. Jetzt will sie mit mir ...« – diesmal bin ich es, der überlegt, ob er nicht zu intim wird – »... jetzt will sie irgendwas von mir, und ich kann ihr nicht antworten.«

Die Dame sagt nichts. Ich schaue zu ihr hinüber. Wischt sie sich da etwa eine Träne aus dem Auge?

»Na, Sie hat es aber ordentlich erwischt«, behauptet sie. Ich nicke und stutze. Da muss also erst mein Smartphone kaputt gehen, bevor ich mir das wirklich eingestehe.

»Aber das sind doch nur sechs Stück«, sagt sie dann. Fragend schaue ich sie an. »Vor zehn Jahren war ich noch Sekretärin im Universitäts-Sekretariat.

Es gab hier immer sechs große Studentenheime, alle mit Aufzug. Soviel ich weiß, wurde seither auch kein neues gebaut. Ich kann Ihnen die Adressen nennen.«

Knapp drei Stunden später stehe ich am Eingang des größten Studentenwohnheims der Stadt. Es ist das fünfte auf meiner langen Reise durch City und Vororte. An den ersten vier war kein Klingelschild und kein Briefkasten mit Violas Namen zu finden, obwohl fast alle vorbildlich beschriftet waren, was in Studi-Wohnheimen nicht unbedingt zu erwarten ist. Die Klingelanlage dieses fünften hat eine Größe von gut zwei Quadratmetern. Hunderte von Namen stehen darauf. Tapfer fange ich vorne an, diesen ganz bestimmten Namen zu suchen. Als ich ihn finde, spüre ich, wie mein Herz sich überschlägt. Ich klingel und warte. Nichts. Noch einmal drücke ich den Klingelknopf, doch nichts geschieht. Warum sollte Viola auch zu Hause sein? Wie könnte ich so viel Glück haben?

Zwei Frauen verlassen das Haus. Keine von ihnen ist Viola.

»Musste einfach raufgehen«, rät mir die eine.

»Die Klingeln sind kaputt«, sagt die andere und

hält mir die Tür offen. »Der Hausmeister kriegt das einfach nicht hin.«

Ich schlüpfe durch die Tür und bedanke mich. Dann stehe ich in einem riesigen Hausflur. Wie soll ich jetzt Violas Tür finden? An der Klingel jedenfalls stand nur ihr Name und keine Zimmernummer. Ich kann doch nicht an hunderten Türen klopfen.

Dreißig weitere Minuten später und elf Stockwerke höher ist es endlich Viola, die mir die Tür ihres Mini-Appartements öffnet.

»Oh, hallo! Du hier?«

»Tja«, sage ich. »Da bin ich.«

»Wow«, sagt sie.

»Du hast mir eine Nachricht geschickt«, sage ich. »Es klang dringend, da dachte ich, ich komme sofort vorbei. Hat leider trotzdem ein bisschen gedauert.«

»Wow«, sagt sie noch einmal. »Das ist aber wirklich süß von dir.«

»Tja«, sage ich und schaue zu Boden.

»Woher weißt du eigentlich, wo ich wohne?«, fragt Viola, fasst sich aber sofort an die Stirn. »Ach, sag nichts. Google weiß inzwischen echt alles über uns.«

Ich nicke und muss grinsen.

»Was ist?«, fragt sie lachend.

»Ach nichts«, sage ich. »Gar nichts.«

Ich schaue sie an. Sie schaut zurück. Mir läuft es kalt den Rücken herunter. Ihr auch, so scheint es mir.

»Ja dann«, sagt sie und tritt einen Schritt zur Seite. »Komm doch rein. Echt cool, dass du da bist. Von mir aus können wir sofort loslegen.«

Auf der Spur des Schweigens

In deutlichen Bildern steht die Erinnerung vor meinem inneren Auge, als hätte ich das alles gestern erst erlebt – wie Fotos aus jener Zeit, schwarz-weiß, oder besser grau in grau. Grau wie der Asphalt der breiten Straße, in der wir kämpften, grau wie unsere Mäntel, wie die Fassaden der zerschossenen Häuser, wie die Sandsäcke, hinter denen sich die Franzosen verschanzt hatten.

Am frühen Morgen waren wir auf diese kleine Einheit gestoßen und versuchten seitdem, ihre Stellung einzunehmen. Seit Stunden jedoch tat sich nichts mehr, außer gelegentlichen Schusswechseln, wenn wieder jemand so unvorsichtig gewesen war, ein Stück aus seiner Deckung zu treten. Auf unserer Seite kam es immer wieder zu einzelnen Verlusten, bei unseren Gegnern vermutlich ebenso. Doch für keine Seite ging es irgendwie vorwärts. Im Grunde warteten wir nur. Beide Parteien warteten, dass die andere die Nerven verlieren würde und entweder angriff oder abrückte.

Nach einiger Zeit fiel mir eine französische Gewehrmündung auf, die besonders scharf zu schießen schien. Bei jedem der seltenen Schüsse aus diesem Lauf war in unseren Reihen große Aufregung. Vermutlich gingen einige unserer Toten und Verwundeten auf Kosten dieser Waffe.

In meiner Abteilung war ich der beste Schütze, und so sah ich es als meine Aufgabe an, diese Gefahr zu beseitigen. Das feindliche Gewehr lugte aus einer kleinen Lücke zwischen den Sandsäcken hervor, und es schien sich langsam zu mir vorzuarbeiten, denn nach jedem Schuss zielte es ein Stück näher in meine Richtung. Schon deshalb wollte ich diesem Übel schnell ein Ende bereiten. Einen Schützen, oder auch nur einen Teil von ihm, konnte ich zu keinem Zeitpunkt erkennen, doch es musste reichen, mit einem wohlgezielten Schuss in die besagte Lücke zu treffen. Langsam schob ich meinen Gewehrlauf durch meine eigene, winzige, ganz private Schießscharte und legte an. Doch im selben Moment drehte mein Gegner sein Gewehr und visierte mich an. Reflexartig warf ich mich zur Seite, zog mein Gewehr zurück und lehnte mich mit dem Rücken gegen unsere Barrikade.

Sollte er schneller sein als ich? Würde er mich erwischen, und nicht ich ihn? Ich spürte wieder den Wunsch in mir, wegzulaufen und nur mein kleines, nacktes Leben zu retten und ihm von mir aus seines zu lassen. Eine Weile saß ich reglos da. Dann dachte ich an meine Kameraden, die er schon erwischt hatte, und entschied mich dafür, es ihm nicht zu lassen.

Sekunden später sah ich wieder durch mein Loch zur Außenwelt. Die Gelegenheit war günstig, denn wie ich deutlich erkennen konnte, hatte er sich ein anderes Ziel gesucht. Ich schob mein Gewehr vor und zielte.

Ich muss besonders lange gezielt haben, denn bevor ich meinen Schuss an den Mann bringen konnte, sah ich etwas, das mich völlig aus der Fassung brachte: einen Hund. Da lief tatsächlich ein Hund quer über die Straße. Das konnte nicht sein, das durfte nicht sein. Jetzt stand er direkt zwischen mir und meinem Franzosen. Wo kam dieser Hund her? Wieso gab es hier noch andere Lebewesen außer uns, die wir hier sein mussten? Die Zivilisten waren geflohen. Dieser Hund musste vergessen worden sein. Und jetzt stand er hier, wühlte in den Trümmern des Krieges und beachtete weder uns noch den Lärm unserer Waffen. War er taub? War er nur ein Geist? War ich gerade dabei, den Verstand zu verlieren? Er stand einfach da. Er störte sich nicht an uns – aber er störte uns bei der Arbeit. Er störte mich dabei, meine Kameraden zu beschützen. Er gehörte nicht hierher. Hier war kein Platz für ihn. Er versperrte die Sicht auf das Gegenüber. Er musste weg, und so zielte ich auf ihn. Armer, unschuldiger Hund, dachte ich. Aber schließlich war es so etwas wie Notwehr, denn ich brauchte dringend die freie Sicht nach drüben.

Eine halbe Sekunde, bevor ich abdrückte, ging er ein paar Zentimeter weiter nach vorne, und einen Bruchteil einer Sekunde vor meinem Schuss sah ich das Mündungsfeuer auf der anderen Seite.

Lange saß ich mit dem Rücken an der Barrikade und beobachtete den Rauch, der aus meinem Gewehrlauf aufstieg. Den Hund hatte ich noch fallen sehen und auch, wie das andere Gewehr in seinem Loch verschwunden war. Jetzt saß ich hier, und wagte nicht hinauszublicken. Hatten wir gemeinsam den

Hund erschossen? Uns beiden war er im Weg gewesen, und jetzt lag er tot da draußen. Warum hatten wir nicht noch eine Sekunde gewartet, dann hätten wir wieder freie Schusslinie aufeinander gehabt. Aber dann hätten ihn andere erschossen. Und wenn nicht, dann wäre er hier verhungert mit der Zeit. So haben wir ihm also zu einem schnellen, gnädigen Tod verholfen. Außerdem hatte der Franzose zuerst geschossen!

Endlich verdrängte ich den Schrecken und lugte hinaus. Das gegnerische Gewehr sah ich nicht. Den Hund konnte ich auch nicht sehen zwischen dem Schutt. Aber was ich dann sah, ließ mir das Blut in den Adern gefrieren. Alles war wie in einem Traum. Wie gebannt starrte ich auf das, was da draußen vor sich ging. Ein kleines Mädchen in einem bunten Kleid lief über die Straße bis zu der Stelle, wo der Hund liegen musste. Dort blieb es stehen und schaute hinab. Dann kniete es nieder und beugte sich nach vorn. Kurz darauf kam eine junge Frau zu dem Mädchen gelaufen und hockte sich neben sie. Es war gespenstisch. Mitten im Krieg knieten eine Frau und ein Kind auf dem Schlachtfeld. Dort zwischen den Fronten scherten sie sich nicht darum, dass sie zahllose Schusslinien zerschnitten. Keine Seite würdigten sie eines Blickes und kümmerten sich nur um ihre eigenen Angelegenheiten. Sie waren dort und blieben dort. Sie hatten keine Eile und zeigten weder Angst noch Wut. Niemanden klagten sie an, niemanden ließen sie überhaupt teilhaben an ihrer kleinen Welt. Unbarmherzig ignorierten sie das gesamte Universum. Für mich, der ich sie aus halber Schussweite betrachtete, war es wie ein Schlag mitten ins Gesicht, gleich einer Strafe dafür, dass ich hier war. Nie in meinem langen Leben empfand ich größere Scham.

Es muss gegen Ende aller Zeiten gewesen sein, als der richtige Moment gekommen war und sich beide wieder erhoben. Ich sah, wie die junge Frau den Kadaver auf ihren Armen trug. Gemeinsam machten Frau und Kind nun kehrt und gingen zurück zur Häuserzeile, so langsam wie bei einer Prozession. Dann verschwanden sie durch einen großen Torbogen.

Bis heute weiß ich nicht, ob während dieser endlosen Zeit weiter geschossen wurde oder nicht. Nichts um mich herum habe ich wahrgenommen, während

sich diese unheimliche Szene vor meinen Augen ab-
spielte. Und bis heute weiß ich nicht, ob meine Kameraden dasselbe gesehen haben wie ich. Nie hat einer von ihnen ein Wort darüber verloren, und auch
ich habe es niemals angesprochen. Doch dieses Er-
lebnis blieb in mir, es hat mich beschäftigt, es hat
mich gequält. Manchmal war es mir egal, aber es
kam immer wieder, es war einfach da.

–

Jahrzehnte später bin ich jetzt erneut in der Stadt.
Ich muss einige Zeit suchen, bis ich die Straße wie-
derfinde. Und als ich dann an der Stelle stehe, an der
ich damals lag, bin ich enttäuscht, denn die Flut der
Erinnerungen bleibt aus. Alles hat sich verändert. Einige Häuser sind neu erbaut, manche erst in jüngster
Zeit. Eine Straße voller Leben liegt vor mir, eine Fuß-
gängerzone mit einem kleinen Brunnen in der Mitte, ungefähr dort, wo der Hund gestorben ist. Weiter die Straße hinab kann ich die Kreuzung sehen,
an der sich damals die Franzosen verschanzt haben.
　　Ich gehe zum Brunnen und setze mich neben einen alten Mann auf eine Bank. Von hier aus kann ich
auf das Haus sehen, in dem damals die Frau und das

Mädchen verschwunden sind. Es gibt keinen Zweifel, dass es das Haus ist, denn es hat als einziges einen runden Torbogen, wie es auch vor Jahrzehnten das einzige mit einem runden Torbogen gewesen ist. Wer hat in dem Haus gelebt, frage ich mich. Wer damals und wer heute? Was ist aus der jungen Frau geworden? Und wohnt das Mädchen noch hier, als erwachsene Frau? Ich schaue mich um. Fast jede der Frauen hier könnte dieses Mädchen sein. Doch niemand verlässt in dieser Zeit das Gebäude oder geht hinein. Ich frage den alten Mann neben mir, ob er wisse, wer darin wohnt. Doch leider versteht er kein Deutsch, und ich spreche kein Französisch. So sitzen wir noch lange nebeneinander und schweigen.

Dann bietet er mir einen seiner Kekse an, die er mitgebracht hat.

Das Bergpredigt-Syndrom

Der Durchbruch meiner Forschungen fiel genau in die Zeit, in der die Menschen es leid waren, tippend und wischend ihren Tag zu gestalten. Die althergebrachte Methode, mit Hilfe der Finger und Augen online zu gehen, galt mehr und mehr als uncool. Eine soziale Komponente gab es dabei nicht – sich aus einer geselligen Runde auszuklinken und unter der Tischkante aufs Display zu starren, war für die Wenigsten ein Problem. Die Menschen hatten einfach Angst, altmodisch zu sein. Fettverschmierte Glasscheiben waren seit zu vielen Jahrzehnten das Standard-Tor zur Welt. Es musste dringend etwas Neues her.

In dieser Zeit kaufte ein weltumspannendes Unternehmen meine Forschungsergebnisse und drängte mit einem neuen Produkt auf den Markt. Zeit für ausführliche medizinische Studien ließ man sich nicht. Zu groß war die Angst, von einem Konkurrenten überholt zu werden. Viele Länder verweigerten zunächst noch die Einfuhr und verboten die notwendigen Operationen, doch der Druck der Käuferschaft war stärker, als jeder erwartet hatte. Der Schwarzmarkt blühte auf, und wer die Illegalität scheute, der ließ sich eben im Ausland umrüsten. So verging kaum ein Jahr, bis achtzig Prozent der zahlungsfähigen Weltbevölkerung mit implantierter Mobilfunkelektronik und reiner Gedankenkraft kommunizierte. Ein Jahr später waren es bereits fünfundneunzig Prozent – und das, obwohl schon kurz nach Markteinführung die Auswirkungen meiner Technik auf den menschlichen Geist erkannt wurden.

Ich selbst bin ein Nachzügler. Zwar bin ich der Erfinder all dessen, doch das Aussenden gepulster Funkwellen im Terahertz-Bereich so nahe am Gehirn war mir eigentlich immer sehr unheimlich. Zu viele Versuchstiere habe ich daran sterben sehen. Doch das war in der Anfangszeit meiner Forschungen. Seither wurde Vieles verbessert, und rückblickend habe ich viel zu lange gewartet. Immer wieder habe ich mich gefragt, was genau mit den Menschen um mich herum geschehen war und warum sie alle um keinen Preis wieder zurück wollten in ihr altes Leben. Ich las Fachartikel und hörte viele Erfahrungsberichte. Dennoch kam ich nicht dahinter. Es gab keinen Zweifel: Ich musste es selbst erleben, um es zu verstehen.

So trage nun auch ich ein rein mental-gesteuertes Mobilfunksystem im Schädel, ausgestattet mit direktem Hör- und Sehnervzugang und seit Neuestem mit Verbindungen zu Tast-, Geschmacks- und Geruchssinn. Jetzt fühle ich endlich am eigenen Leib, warum sich alle menschlichen Zivilisationen so massiv verändern konnten und warum heute fast überall auf der Welt Frieden herrscht – nicht etwa Waffenstillstand, sondern echter Frieden. Ganze Wirtschaftszweige haben aufgehört zu existieren, weil sich niemand mehr fand, der mitarbeiten oder auch nur die Produkte kaufen wollte. So gibt es tatsächlich keine Zäune mehr und keine Schlösser, keine Panzer und Raketen, und Richter oder Polizisten braucht heute kein Mensch mehr.

Es ist nur ein Gefühl, das mich erfüllt, aber eines, das das ganze Leben verändert. Heute liebe ich alle Menschen auf eine Weise, die ich vorher nicht kannte. Vergebung ist ein Trieb geworden, Hilfeleistung ein Reflex. Teilen und Verzicht sind Grundbedürfnisse. Noch ist das Phänomen nicht umfassend erforscht, doch Ablehnung, Überheblichkeit, Stolz und Hass scheinen im menschlichen Hirn nicht terahertz-fest verankert zu sein. Wertschätzung, Solidarität und Mitgefühl dagegen um so mehr.

Ja, es ist nur ein Gefühl. Doch gepaart mit globaler Verbreitung, huckepack auf dem begehrtesten Produkt aller Zeiten, hat dieses Gefühl der ganzen Welt den Frieden beschert. Ein einziges Mal in der Menschheitsgeschichte hat die Gier nach Technologie also etwas Gutes hervorgebracht, etwas, das heute einen wunderbaren Namen trägt: das Bergpredigt-Syndrom.

Zu Ende bringen

»Sollen die da wirklich auf den Grill?«

Bewaffnet mit Schürze und Zange starrte Hubert auf das, was ich in der Hand hielt. Es waren zwei Tofu-Würste, und ich kam mir selbst vor wie ein kleines Würstchen, als ich geradezu darum betteln musste, meine überteuerten Soja-Produkte auf den Rost legen zu dürfen. Ich wusste, wer als Vegetarier auf ein Grillfest kam, der hatte nicht viel zu lachen. Alle anderen dafür umso mehr.

»Der Grill weint, wenn du die da drauf legst«, behauptete er. An Sprüche wie diesen hatte ich mich gewöhnt. Nicht, dass sie mich nicht mehr trafen bis ins Mark. Nach wie vor musste ich die Zähne zusammenbeißen, wenn jemand auf diese Weise in den offenen Wunden meines Weltschmerzes bohrte. Nein, ich wusste einfach inzwischen, dass es niemand wirklich böse meinte, wenn er meine hart erkämpften ethischen Überzeugungen lauthals ins Lächerliche zog.

Dass Hubert der Grillmeister war, war kein Zufall. Es war Tradition. Das behaupteten jedenfalls seine Nachbarn, von denen mich einer zu diesem Siedlungsfest eingeladen hatte. Hubert war der beste Grillmeister, den man sich denken konnte. Er servierte stets perfekt gegartes Grillgut und liebte das Grillen noch mehr als das Essen. Das war bei allen anderen definitiv umgekehrt.

Hubert war Perfektionist, erfuhr ich. Er machte keine halben Sachen. Was er begann, das führte er zu Ende. Dafür war er bekannt bei seinen Nachbarn. Jeder, nein, jeder außer ihm selbst wusste, dass stets Eins zum Anderen kam, wenn er ein Vorhaben begann, und dass er nicht Ruhe gab, bevor nicht alles perfekt war. »Wenn ich jetzt aufhöre«, sagte er immer, »dann hätte ich gar nicht erst anfangen sollen. Wenn es so bleibt, wie es jetzt ist«, – und er meinte es genau so, wie er es sagte – »dann war alles umsonst.«

Viele hüteten sich davor, ihn um einen kleinen Gefallen zu bitten, denn sie fürchteten den Rattenschwanz, den das nach sich ziehen würde. Andere aber fragten gerade ihn, etwa, ob er ihnen beim Renovieren half, denn es war von vornherein klar, dass sie, wenn endlich alles ausgestanden war, in einer perfekt gestalteten Wohnung leben würden. Jeder wusste um Huberts Perfektionismus und hatte gelernt, damit umzugehen, und so ahnte auch jeder, nein, jeder außer ihm und mir, dass sein Schicksal besiegelt war just an diesem Tag, an dem er seinen Grill im Stich ließ und sich mit einem Kotelett zu mir an den Tisch setzte, nachdem ich meine beiden perfekt gebratenen Möchtegern-Würstchen bei ihm abgeholt hatte.

»Warum bist du eigentlich Vegetarier?«, fragte er frei heraus, und ich hatte das Gefühl, dass einige Gespräche um uns herum plötzlich erstarben.

»Oh, das hat verschiedene Gründe«, antwortete ich unbestimmt, da ich mich überrumpelt fühlte.

»Welche?«, hakte er nach.

Ich überlegte. Wie weit sollte ich gehen? Sollte ich ihm etwas von Gammelfleisch und BSE erzählen? Das würde er sicher sofort akzeptieren und nicht weiter nachfragen. Oder sollte ich es wagen, ihm die ganze Trost- und Ausweglosigkeit meiner Nahrungsmittel- und Lebensmisere aufzutischen?

»Ich kenne dich ja nicht«, unterbrach er meine Überlegungen. »Aber ich glaube, bei dir sind es ethische Gründe. Hat nichts mit der Gesundheit zu tun, oder?«

Hubert war auf Zack, dachte ich. Ich nickte und war gespannt, was er noch erriet.

»Massentierhaltung?«

»Nicht nur«, sagte ich und glaubte erneut, dass einige der anderen Gespräche verstummten und wir noch mehr heimliche Zuhörer bekamen. In diesem Moment rief ihn seine Frau zum Boccia-Spielen, doch Hubert winkte ab.

»Was noch für Gründe?«

»Ich möchte nicht, dass irgendein Tier wegen mir sterben muss«, begann ich. »Ich kann sehr gut ohne Fleisch leben, und ich sehe nicht ein, dass Tiere nur für zweifelhafte Gaumenfreuden herhalten müssen. Es ist eigentlich ganz einfach: Das Leben der Tiere ist mir zu wichtig. Auch ihre Würde. Zu heilig geradezu. Ich möchte ...«

In diesem Moment kamen zwei Nachbarn und versuchten, Hubert zu überzeugen, in eine Skatrunde einzusteigen.

»Los, wir brauchen dich«, drängte der eine, während der andere ihn geradezu von der Bank zerrte.

»Ich komme ja gleich«, maulte Hubert und setzte sich wieder gerade vor mich hin. »Ich muss noch eben was klären.«

Mürrisch zogen die beiden wieder ab, und ich hatte den Eindruck, dass sie mich böse anblitzten.

»Also«, sagte Hubert. »Und du kommst klar als Vegetarier?«

»Absolut«, sagte ich. »War nur eine kleine Umgewöhnung.«

Das war natürlich gelogen. Für jemanden, der so gern Fleisch aß wie ich, war es schon ein enormer Schritt gewesen, darauf zu verzichten. Bei mir hatte es eine gehörige Portion inneren Leidensdrucks gebraucht, um ihn zu wagen. Hubert schien es ähnlich zu gehen.

»Ich weiß nicht«, sagte er und stocherte mit der Gabel auf seinem Fleischstück herum. »Deine Gründe in Ehren, aber die Umgewöhnung scheint mir schon etwas aufwändiger zu sein.«

Hubert konnte man nichts vormachen, das sah ich jetzt ein. Also entschied ich mich, ihm einen Vorschlag zu machen: »Versuch doch erst einmal ...«

Weiter kam ich nicht, denn in diesem Moment geschahen viele Dinge fast gleichzeitig. Zunächst rief jemand: »Hubert, der Grill brennt!« Der Grill stand in Flammen. Hubert sprang auf und rempelte dabei zwei Nachbarn an, die daraufhin ihre Biergläser vollständig über Huberts Kleidung entleerten, was mir unnötig ungeschickt vorkam. Er schrie auf, und noch ehe er sich versah, zerrte ihn seine Frau, die merkwürdigerweise gar nicht mehr Boccia spielte, von der Festwiese. »Komm erst mal Umziehen«, befahl sie ihm wie einem kleinen Kind. Und als ich den beiden ungläubig hinterherschaute, packten mich vier kräftige Männerhände und rissen mich von meiner Bank.

»Und du kommst jetzt erst mal mit, Freundchen!«

An diesem Abend wurde ich in einem Keller eingesperrt und an einen Stuhl gefesselt. Einer von Huberts Nachbarn setzte sich mir gegenüber und redete auf mich ein. Er erklärte mir, dass man Hubert um jeden Preis vor meiner Person beschützen werde. Unter heftigsten Drohungen verbot er mir, ihn noch einmal zu treffen. Ansonsten würden sie ein weiteres Mal eingreifen, und dann würde es nicht so glimpflich für mich enden. Erst als ich versprach, mich nicht mehr in Huberts Nähe blicken zu lassen, durfte ich nach Hause gehen.

Widerwillig hielt ich mich an das unverschämte Verbot. Doch wie berechtigt es war, das begriff ich erst drei Wochen später, als mir jemand die neuesten Nachrichten überbrachte. Hubert war Vegetarier geworden, erfuhr ich. Das hatte ihn natürlich nicht umgebracht. Sehr schnell aber hatte er erkannt, dass auch für Milch und Eier Tiere gequält und misshandelt wurden. So wurde er Veganer, bis ihm auch das nicht mehr genug war. »Wenn ich jetzt aufhöre«, so soll er gesagt haben, »dann hätte ich besser gar nicht erst angefangen.« Ihn quälte das Schicksal der Mäuse und Würmer auf den Ackerflächen, die von Treckern zerquetscht oder von Pflügen zerrissen wurden. Also aß er nur noch Obst in jenen Tagen. Aus Sorge, auf Insekten zu treten, verließ er zuerst sein Haus nicht mehr und dann sein Bett. Schließlich waren es die Mikroorganismen, die ihm einen endgültigen Strich durch die Rechnung seines Lebens machten. »In meinem Magen sterben sie alle«, hatte er gesagt. In nur wenigen Tagen muss ihm all das durch den Kopf gegangen sein, was mir seit Jahren schon die Freude am Leben verdarb. »Ich kann nur leben, wenn ich anderes Leben töte. Selbst mit jedem Atemzug gelangen Lebewesen in meine

Lungen und müssen dort sterben. Das kann ich nicht verantworten. Ganz klar: Ich muss es zu Ende bringen, sonst war alles umsonst.« Das hatte er gesagt, als er schon halb verdurstet war. Und bis zu diesem Zeitpunkt hatte es niemand für möglich gehalten, dass ein Mensch durch bloße Willenskraft einfach aufhören konnte zu atmen.

Ohne Frau und Staplerschein

Die Palette will einfach nicht passen! Vor, zurück, rechts, links – es fehlen drei Zentimeter oder zwei. Offensichtlich funktioniert die Software noch nicht richtig.

Er versucht es noch einmal, ganz gerade, im rechten Winkel. Aber Pustekuchen, sie flutscht nicht in die Lücke. Er muss den Platz erweitern, fährt hin und her, um die benachbarte Palette hoch oben im Regal zu verschieben. Doch stattdessen verschiebt sich diejenige auf seiner Gabel, und sein Stapler schwankt gefährlich unter der verrutschten Last. So ein Mist! Die Software funktioniert wohl wirklich nicht!

Gut, das ist natürlich maßlos übertrieben. Dass er in seinem Alter überhaupt vom Gabelstaplerfahren träumt, so wie jetzt in tiefem Schlaf, das ist schon ein Wunder. Als Kind ist ihm das oft gelungen, stets, nachdem sein Vater ihn in die Lagerhalle mitgenommen hat. Er liebte Gabelstapler und ihre Geschmeidigkeit und Präzision. Selber fahren durfte er natürlich nie einen, aber er träumte wenigstens immer mal wieder davon.

Lange blieb das Gabelstaplerfahren sein großer Wunschtraum. Ähnlich wie später das Küssen. So wie er nie einen Gabelstapler-Besitzer fand, der ihn hätte gabelstapeln lassen, so fand er nie eine hübsche junge Frau, die ihn hätte küssen lassen. Sie hätte sogar hässlich sein können oder alt – zumindest älter – etwas älter – und ein bisschen hässlich – also nicht ganz so bildschön. Das hätte ihm nichts ausgemacht. Er wäre dankbar gewesen. Vielleicht, so sagt er sich heute, vielleicht hätte er einfach mal fragen sollen, den Lagerhallen-Chef oder eine ältere, nicht allzu hässliche, hübsche junge Frau – Ella zum Beispiel, von der er über Jahre sehr angetan war wegen ihrer Schönheit und ihrer freundlichen Art. Viele Träume verbrachte er mit ihr, wie auch mit dem mächtigen Manitou Geländestapler, der immer so aussah, als führe ein Trecker rückwärts, und der im echten Leben niemals in die kleine Lagerhalle gepasst hätte. Doch nachts im Schlaf manövrierte er den Manitou problemlos durch die engen Gänge, vollkommen eins mit der Hintenlenkung und den Hebeln und Pedalen, oder küsste Ella und sie ihn.

Doch Stapeln und Küssen sind längst Vergangenheit. Seine Träume haben sich verändert über die Jahre. Die Stapler verließen ihn zuerst, und dann Ella. Inzwischen ist er ein erfolgreicher Hirnforscher, einer ohne Frau und Staplerschein, und träumt eher vom Kampf um Assistentenstellen, Forschungsgelder und Drittmittel. Seine Träume sind keine Wunschträume mehr, sondern was immer auch das Gegenteil von Wunschträumen ist. Sie handeln von Arbeit statt von Lust, drehen sich um Pflichten statt um Abenteuer, und statt Zärtlichkeiten halten sie Probleme bereit, Probleme, die es gar nicht gibt und die deshalb auch nicht gelöst werden müssen. Doch er kümmert sich trotzdem und ackert und reibt sich auf daran, gewissenhaft und akribisch und fast wie im richtigen Leben. Und wenn er morgens erwacht, zwar froh, der nächtlichen Rastlosigkeit entkommen zu sein, so ist es ihm doch, als hätte er sich gerade nach einem langen Arbeitstag erschöpft ins Bett gelegt.

Diese Erschöpfung war sein Antrieb, jahrelang zu forschen. Er fand Geldgeber und Visionäre, und zum Teil funktioniert er ja bereits, der Apparat, der seine Hirnwindungen in der Art anregt, dass er einen Gabelstaplerfahrertraum träumt, in seinem Alter! Das einfache Bild eines Gabelstaplers genügt, von der Software aufbereitet, über den dicken Kabelbaum bis zur Gummihaube auf seinem Kopf geleitet, die nur sein Gesicht freilässt. Doch wer will schon eine Wunschtraummaschine, die den Wunsch zum Albtraum werden lässt? Wer, der auf Labsal aus ist, will sich mit einer Palette abkämpfen, nur weil sie eine Handbreit zu groß ist, oder mit einer nörgelnden Beauty-Queen oder einer heißblütigen Hexe? Wer will von einer Gabelstaplerlast erschlagen werden, wer von der großen Liebe träumen, die gegen den Krebs kämpft?

Ellas Bild liegt längst bereit. Doch muss erst diese Software funktionieren und wahrhaftige Wunschträume bewirken. Aber sobald die Paletten flutschen mit der Leichtigkeit seiner Jugendträume, wird er das Bild einscannen und die Maschine damit füttern. Und dann wird er sich in die Haube zwängen und im Laborbett die Augen schließen.

So wird er auf den Schlaf warten, viel zu lange vermutlich, und den angenehmsten Erlebnissen entgegenfiebern, die je ein Selbsttest einem Forscher verheißen hat.

Am Ende allein

Gut, dann bin ich eben ein Spielverderber. Ist mir egal, was du sagst – und wie du es sagst, hier vor allen anderen, die um uns herum stehen und ungeduldig auf meine Zustimmung warten. So viel Erstaunen liegt in deiner Stimme, so viel Unverständnis und Mitleid; Mitleid mit einem Verklemmten, einem Geschmacksverirrten, bestenfalls einem Unwissenden, der nicht ahnt, was ihm entgeht durch sein dummes Nein. Deine Worte sind gut gewählt, deine Argumente präzise. Alles, was ich darauf entgegnen könnte, ließe mich ganz schlecht aussehen. Also beharre ich schlicht auf meinem einfachen, dummen Nein. Ja, auch, wenn es nicht illegal ist: ich mach' das nicht! Auch wenn du es noch so schönredest: ich bin nicht mit dabei! Entweder macht ihr das allein, oder wir überlegen uns zusammen etwas Neues.

Dein aufmunterndes Lächeln verkommt zu einem Grinsen. Dein Schritt in meine Richtung lässt mich Böses ahnen. Meine Angst kehrt zurück, diese allergrößte Angst von allen, die ich für einen Moment vergessen hatte. Noch ein Schritt und noch einer und du stehst vor mir, zu nah für meinen Geschmack. Ja, sicher, wir sind Freunde, aber das ist zu nah! Deine Zwei-Meter-Scheitelhöhe überragt mich um fast einen Kopf. Ich bin ein Niemand neben dir und du willst, dass das jeder sehen kann. Ich soll spüren, gegen wen ich mich auflehne. Sicher, du bist nicht unser Chef. Das weiß ich, das weiß jeder hier und besonders du selbst. Aber du hast andere Mittel, um dich durchzusetzen. Dein Grinsen etwa, ein Lachen jetzt, das mich lächerlich macht, und starke Arme, die mich mit einem Mal umfangen und an dich zerren. Sie fesseln meine Oberarme und drücken zu, als wollten sie mir alle Luft aus dem Leib pressen. Meine Beine lösen sich fast vom Boden. Eine Hand knautscht mein Gesicht an deine Schulter, die andere wuschelt durch meine Haare, eine Liebkosung, die sich anfühlt wie eine Kopfnuss. Dein ganzer Körper wiegt uns beide hin und her, wie es Liebende tun beim Tanz, doch mit zu viel Ungestüm und viel zu weit; zärtlich ist anders.

»Natürlich macht er mit!«, versicherst du den anderen. Sie starren uns an, uns ungleiches Paar, ich eng umschlungen und du lachend und prahlend mit all deiner Überzeugungskraft. Du hast so viele Bewunderer. Sie hängen an deinen Lippen und sie lachen über den kleinen Spaß, den du mit mir treibst unter dem Deckmantel der Freundschaft.

Und damit hast du gewonnen. Habe ich jetzt noch eine Wahl? Was kann ich jetzt noch tun? Mein Nein wiederholen? Mein Nein erneut begründen? Das alles würde untergehen im allgemeinen Lachen. Niemand würde mir zuhören oder könnte es auch nur. Vorher müsste ich mich deinem Griff entwinden, was an sich schon utopisch ist. Wie gern würde ich dir einfach mein Knie in die Eier rammen. Doch täte ich das, ginge dann einen Schritt zurück und erfreute mich an deinem Jammern und Winden am Boden, so würden mich alle verachten und denken, ich verstünde keinen Spaß – denn nur wir beide wissen, dass es längst keiner mehr ist.

Also lasse ich dich gewähren, und ich wirke so schwach, wie du es willst und wie ich tatsächlich bin, geradezu lächerlich schwach. Ich spüre, dass niemand noch ein Widerwort von mir erwartet. Die

Sache ist geklärt, mein Nein als schlechter Witz abgetan, und die Ersten wenden sich zum Gehen.

»Komm, Alter«, forderst du mich auf, gibst mir eine letzte Kopfnuss, lässt mich frei und folgst den Anderen.

Auch ich werde folgen. Das weißt du genau und drehst dich nicht einmal zu mir um. Wie schon so oft bringst du mich dazu, Dinge nicht zu lassen, die ich lassen will. Aber eines Tages, das sage ich dir, eines Tages werde ich stark genug sein und mich nicht verführen lassen. Dann wirst du dich am Boden wiederfinden und jammern und dich winden. Und ich werde mich frei entscheiden für ein Ja oder ein Nein, und meine Angst wird mich nicht mehr schrecken, diese größte Angst von allen, die du so schamlos auszunutzen weißt, diese entsetzliche Angst, am Ende allein dazustehen.

Meine Zeitkrankheit

Alles begann, als ich zum ersten Mal bemerkte, wie ich der Zeit ein kleines Stückchen hinterherhinkte. Damals hätte ich das Phänomen noch nicht in dieser Weise benennen können. Ich erwachte an jenem Tag lediglich mit einem dumpfen Gefühl im Kopf, das auch einem nächtlichen Migräneanfall hätte geschuldet sein können, einem Gefühl des Benommenseins und der Überforderung. Übel war mir und schwindelig. Mein Tinnitus rief ungewöhnlich laut nach mir, und es fiel mir schwer, die Welt um mich herum hinreichend zu ertragen. Ich begriff die Signale meiner Sinne nicht mehr. Dementsprechend unbeholfen stellte ich mich an. Unter der Dusche rutschte ich beinahe aus, am Frühstückstisch verschüttete ich meinen Kaffee und konnte kaum genug Geschick aufbieten, die Sauerei wieder in Ordnung zu bringen. Ich hatte gerade Urlaub und auch sonst keine Verpflichtungen. So beschloss ich, im Haus zu bleiben und quälte mich durch die viel zu vielen Stunden des Tages. Abends ging ich früh ins Bett. Ich hoffte, eine ordentliche Mütze Schlaf würde mir Erleichterung bringen und am kommenden Morgen sähe die Welt wieder ganz anders aus.

Gut, das tat sie auch, aber leider nicht so, wie ich es mir gewünscht hatte.

Wie vereinbart weckte mich mein Wecker erst am späten Vormittag. Ich setzte mich auf und stellte die Füße auf den Fußboden, doch erreichten sie ihn einen Sekundenbruchteil früher, als ich es erwartet hatte. Ich wunderte mich nicht weiter, denn ich wähnte mich noch im Halbschlaf. Nach kurzem Dösen schlurfte ich dann zum Bad. Meine Schritte schienen mir vorauszueilen, und mehrfach verlor ich fast das Gleichgewicht. Die Badezimmertür öffnete sich einen winzigen Moment zu früh, noch bevor ich sie aufstieß, und das Wasser plätscherte in der Toilette, noch bevor ich die Schleusen öffnete. Was lief hier falsch? Ich stellte mich vor den Spiegel und starrte mein Spiegelbild an. Alt war ich geworden, und der gestrige Tag hatte noch zusätzliche Furchen in meinem Gesicht hinterlassen. Entsetzt kniff ich die Augen zu – und erschrak fürchterlich. Heiß und kalt wurde mir, als ich zum ersten Mal in meinem Leben meine eigenen, geschlossenen Lider sehen konnte, und war es auch nur für einen noch so kurzen Augenblick. Ich riss die Augen wieder auf und schloss sie erneut. Wieder sah ich kurz meine geschlossenen Lider, beide gleichzeitig wohlgemerkt, und von außen. Niemand, so forderte ich ein, wirklich niemand sollte jemals seine beiden Augenlider von außen sehen können, es sei denn auf einem Foto oder einem Bildschirm. Ich bekam Panik, stürzte aus dem Bad – und dann lang auf den Fußboden, gestolpert über meine eigenen Beine. Voller Angst blieb ich liegen und rührte mich nicht. Jeden meiner röchelnden Atemzüge hörte ich, kurz bevor ich ihn tat. Die tastenden Bewegungen meiner Finger auf dem Teppich wurden ausgeführt, bevor ich sie veranlasste. Es war wie in einem schlecht produzierten Video-Clip, in dem Ton und Bild nicht synchron liefen, minimal nur, aber eben nicht synchron. Da konnte man schon mal eine Autotür hören, noch bevor sie ins Schloss fiel, oder jemand starb durch einen Schuss und man hörte die Waffe, bevor sie abgefeuert wurde. Schon bei Filmen hatte mich das nervös gemacht. Jetzt aber in der realen Welt erfahren zu müssen, dass mein Handeln nicht mehr mit der Wirkung synchron lief, das raubte mir fast den Verstand. Wie ein Kleinkind krabbelte ich zu meinem Bett zurück und kletterte hinein. Ich zog mir die Decke über den Kopf und setzte erneut all meine Hoffnung in den Schlaf.

Doch an Schlaf war nicht zu denken, zu sehr schlug mir das Herz Richtung Hals. Gegen Mittag stand ich wieder auf und versuchte, ein Glas Wasser zu trinken. Das Wasser war nicht heiß wie der Kaffee vom Vortag, und es hinterließ auch keine Flecken, als es mir den Hals hinab in den Ausschnitt meines Schlafanzugs lief. Und weil ich wusste, dass noch mindestens ein weiterer trockener in meinem Schrank lag, wagte ich einen zweiten Versuch. Ich füllte das Glas erneut am Wasserhahn und führte es wie in Zeitlupe zum Mund. Ich spürte es, bevor es meine Lippen berührte, aber ich erschrak nicht. Ich spürte das kühle Wasser an meiner Zunge, bevor es das Glas verließ, und die Kehle hinabrinnen, noch bevor ich schluckte. All dies war noch immer beängstigend, aber nicht mehr überraschend. Ich war darauf gefasst. Ich erwartete bereits das noch Ungewohnte. Dem Vorauseilenden eilte ich voraus.

Das Essen gestaltete sich schwieriger als das Trinken. Es war gefährlicher, da meine Zunge unaufhörlich zwischen dichten Zahnreihen agieren musste. Ich kaute sehr langsam, konzentrierte mich darauf, erst dann zuzubeißen, sobald ich die Zunge in Sicherheit gebracht hatte. Dies gelang mir mehr schlecht als recht. Ich benötigte zehn Minuten für eine Scheibe Toast mit Butter und Marmelade, und als ich mir dann doch mehrmals auf die Zunge gebissen hatte, beschloss ich, beim Arzt anzurufen.

Das Telefonat war für keine Seite eine große Freude. Den Beginn des Gespräches hier wiederzugeben, ist nicht möglich, da es keine Buchstaben gibt für die Laute, die ich hervorbrachte. Zwar lernte ich schnell, doch meine eigenen Worte kamen mir immer wieder in die Quere, während meine schmerzende Zunge erst begann, sie zu formen. Das brachte mich so durcheinander, dass ich zeitweise nur Kauderwelsch von mir gab. Durch sehr langsames Sprechen aber konnte ich endlich vollständige Worte bilden.

»Entschuldigen Sie, ich verstehe Sie nicht«, gestand die Dame am anderen Ende nach meinem dritten Versuch, mein Problem zu schildern. Das lag aber sicher nicht nur an mir, denn ich konnte hektisches Treiben hören um sie herum.

»Termin«, wiederholte ich schlicht. »Dringend.«

»Ja ja, dringend wollen alle«, antwortete sie belustigt. »Einen Moment.«

Ich hörte ein Knacksen und dann fröhliche Computermusik, doch nur drei oder vier Takte lang.

»Hören Sie?«, meldete sie sich wieder. »Was haben Sie denn für Beschwerden?«

Ich überlegte wohl etwas zu lange, wie ich mein Gebrechen mit einem Wort benennen wollte.

»Sind Sie noch da?«

»Ja«, hörte ich mich sagen, gerade, als mir ein passender Begriff einfiel. »Zeitheit«, sagte ich, und nicht nur ich wunderte mich darüber.

»Wie bitte?«, fragte die Dame, und ich konnte hören, wie sie nebenbei mit einer Kollegin über das Rezept einer gewissen Frau Gimpel sprach.

»Zeit-krank-heit«, formulierte ich noch einmal, diesmal Silbe für Silbe.

»Ja, der Doktor hat Zeit für Ihre Krankheit«, beruhigte sie mich in einem Singsang, den ich nur in einem Altenheim erwartet hätte. »Aber was haben Sie denn?«

»Al-les geht zu schnell«, begann ich.

»Ja, wem sagen Sie das? Haben Sie Schmerzen?«

»Nein. Ich hö-re ...«

»Sind Sie verletzt?«

»Nein, nein. Hö-re Stim-me be-vor ich ...«

»Warten Sie«, sagte sie erneut, und wieder dudelte mir Musik in den Ohren. Diesmal dauerte es etwas länger.

»Hören Sie?«

»Ja«, sagte ich schnell.

»Wenn Sie Stimmen hören, überweisen wir Sie an die Psychiatrie. Warten Sie, ich gebe Ihnen die Telefonnummer von Doktor ...«

»Verletzt!«, rief ich schnell in den Hörer.

»Also doch!«, beschwerte sie sich. »Wo denn?«

»Zun-ge.«

»Na also. Kommen Sie Montag früh um neun. Oder sind Sie privat?«

Ja, ich war privat und wurde noch für denselben Nachmittag in die Praxis bestellt. Die wenigen Schritte durch die Stadt brachte ich glücklich und mit viel Konzentration hinter mich und die Treppe zur Praxis erklomm ich wie ein Greis. Dann saß ich endlich meinem Hausarzt gegenüber.

»Dann zeigen Sie mir doch mal Ihre Zunge«, forderte er mich auf.

Ich winkte ab und begann, ihm sehr langsam und in einzelnen Worten meine eigentlichen Probleme zu schildern, so langsam, dass er immer wieder auf die Wanduhr hinter mir schielte. Doch tatsächlich hörte er mir zu – das hatte ich nicht erwartet, und ich rechne es ihm noch heute hoch an. Wiederholt hob er die Augenbrauen und kritzelte etwas in meine Patientenakte. Als ich ihm alles Wissenswerte mitgeteilt hatte, überprüfte er Blutdruck und Reflexe und notierte Ergebnisse, die er sorgfältig vor mir geheim hielt. Dann stellte er noch ein paar belanglose Fragen, wohl um sich Zeit zum Nachdenken zu verschaffen, ohne zugeben zu müssen, dass er sie benötigte. Dann endlich stand seine Diagnose fest. Vermutlich handele es sich um eine ausgeprägte Dimensionsanomalie, teilte er mir mit. In einem gewissen Alter – etwa ab der Midlifecrisis – sei dies gar keine so ungewöhnliche Erkrankung, obwohl er zugeben müsse, dass sie bei mir schon sehr früh im Leben ungewöhnlich präsent sei. Genaueres könne er aber nur in einem kürzlich neu entwickelten Singularitäts-Chronographen feststellen. Er gab mir einen Krankenschein, einen Termin drei Monate in der Zukunft und ein Rezept für Beruhigungspillen.

Vier Tage später entschied ich mich, keine Pillen mehr zu nehmen. Mich drei Monate lang zu betäuben und die Zeit im Bett zu verbringen, das hielt ich nicht für richtig. Also versuchte ich, mich mit meiner Situation zu arrangieren. Es gelang mir, in meinem Haushalt zurechtzukommen, indem ich alles sehr langsam vonstattengehen ließ. Jeden Schritt schritt ich bewusst, jede Handlung plante ich gut. Beim Kochen schnitt ich die Zwiebeln im Schneckentempo, beim Essen kaute ich langsam und aufmerksam. Der Abwasch dauerte eine Ewigkeit, dafür aber zerbrach ich nur wenig.

Inzwischen sind die drei Monate um. Morgen habe ich meinen Termin im Chronographen-Labor. Aber ich werde nicht hingehen, denn ich komme gut zurecht im Moment. Ich gehe sogar wieder arbeiten. Zwar bewältige ich nicht das Pensum von früher, beschränke mich aber auf die wesentlichen Dinge. Ich plane besser voraus und lasse mich nicht treiben von unvorhergesehenen Ereignissen, sehr zum Ärger meiner Kollegen – aber was sollen sie machen?

Die Zeit, die mein Denken meinem Handeln hinterherhinkt, beträgt nunmehr eine geschätzte viertel Sekunde. Oft ärgere ich mich darüber, dass ich mein

Handeln nicht noch schnell korrigieren kann, wenn sich wieder einmal eine Tasse dem Boden nähert, bevor ich mich für die Bewegung entscheide, mit der ich sie vom Tisch stoße. Noch immer staune ich dann und wann, wenn ich die Worte höre, die ich gleich erst sprechen werde. Doch verläuft mein gesamtes Leben heute ruhiger als früher. Es ist nicht so vollgestopft. Die Zeit, die technische Erfindungen dem Menschen einsparen, benötige ich nun wirklich als Zeit, um meinen Alltag zu bewältigen, und nicht als Raum, um die Packungsdichte meiner Aufgaben zu erhöhen. Jedes meiner nur noch wenigen täglichen Vorhaben benötigt diese Zeit. Alles erledige ich nun sehr bewusst, mit Planung und Vorausschau, jeden Schritt, jedes Greifen, jedes Wort und beinahe jeden Atemzug.

Sie gehört jetzt zu mir, meine Zeitkrankheit. Eine Freundin ist sie mir geworden. Sie nötigt mich zu purer Achtsamkeit und beißt mir auf die Zunge, wenn ich mal wieder zu hektisch werde. Meinem Tinnitus ist das zu langweilig geworden. Er hat mich verlassen und sich jemand anderes gesucht. So genieße ich jetzt die Ruhe und die wachsende Gelassenheit, die mich mehr und mehr ausfüllt. Wenn mir die Welt-Zeit auch immer weiter davonläuft, so lebe ich doch mehr im Jetzt als jemals – in meinem Jetzt, dem einzigen Jetzt, das mich letztlich etwas angeht.

Und vielleicht gelingt es mir ja doch noch, den Einen oder Anderen anzustecken.

Sprung in die Freiheit

Manchmal wünschte ich, ich wäre wie Conrad Schumann. Unsere Leben könnten kaum unterschiedlicher sein. Er Ossi, ich Wessi. Er Schäfer, ich Techniker. Vom Alter her könnte er mein Vater sein, 1942 in Sachsen geboren, ich 25 Jahre später. Er wurde Soldat, ich musste nicht einmal verweigern, um den Dienst an der Waffe zu vermeiden – ich kam auch so drumherum.

Seine Waffe war geladen an jenem Tag im August. Ob ihn das wohl beruhigt hat? Kann ich mir nicht vorstellen. Niemand weiß, was in ihm vorgegangen ist in den Stunden, die er Wache hielt. Aber ich weiß, wie es mir ergangen wäre. An seiner Stelle wäre ich in eine tiefe Depression gefallen. Sie hätten mich aufgefressen, meine negativen Gedanken. Verzweifelt wäre ich an dem Staat, dem ich hier diente, dem ich bis vor zwei Tagen noch vertraut hatte und der sich mir inzwischen als ein Monster präsentierte. Warum bewachte ich hier einen Stacheldrahtzaun? Man hatte mir eine Maschinenpistole anvertraut. Sie war geladen. Warum war sie geladen, wenn nicht, um damit auf Menschen zu schießen? Wollte ich das? Ganz bestimmt nicht! Nicht auf Eindringlinge, und erst recht nicht auf Landsleute, die ihrer Heimat den Rücken kehrten. Hier wäre er gewesen, der Ausgangspunkt für die Abwärtsspirale meiner Gedanken. Ich hätte den Staat verflucht, diesen Tag, diese Stadt, meine Vorgesetzten und diesen unseligen Menschen, der vermutlich sogar stolz darauf gewesen war, den Stacheldraht zu erfinden, eine der unmenschlichsten Waffen überhaupt, so unscheinbar, so simpel und in der Lage, sein Opfer auf möglichst demütigende Weise zu bezwingen und dabei aller Würde zu berauben. In diesen Gedanken hätte ich mich verstrickt. Und dann hätte ich beobachten müssen, wie das kleine Kind nicht zurück durfte zu seinen Eltern im Westen, nachdem es die Oma im Osten kurz besucht hatte. Das hätte mir den Rest gegeben. Wie Stacheldraht hätte die Verzweiflung mich umschlungen, mich gefesselt und verletzt. Anders als Conrad Schumann hätte ich keinen Mut mehr gefunden, zum Stacheldrahtzaun hinüberzugehen unter dem Vorwand, ihn zu kontrollieren, in Wahrheit aber, um ihn ein Stückchen hinunterzutreten. Ich hätte niemandem auf der anderen Seite des Zaunes zugeraunt »ich springe gleich«, denn ich wäre nicht gesprungen. Es hätte mich auch nicht ermutigt, dass jenseits des Zaunes ein Auto vorgefahren wurde, das dort auf mich wartete mit laufendem Motor und geöffneter Hecktür. Ich hätte mich nicht gefreut, als die westlichen Journalisten begannen, über die Grenze hinweg meine Kameraden zu fotografieren, die sich daraufhin befehlsgemäß abwandten, da sie sich nicht fotografieren lassen sollten. Ich hätte ihn nicht erkannt, diesen einen, unbeobachteten Augenblick. Ich hätte sie nicht gesehen, die Chance meines Lebens. Meine Wut hätte mich vollkommen blind gemacht für den freien Weg in den Westen direkt vor meinen Füßen, über eine winzige Hürde hinweg aus harmlosem Stacheldraht. Von mir hätte es kein berühmtes Foto gegeben. Durch mich wäre dem Osten eine Freiheitsikone erspart geblieben mitten im kalten Krieg. Ich wäre nicht zum ersten NVA-Soldaten geworden, der jemals die deutsch-deutsche Grenze überwunden hatte, derjenige, der eine, dem über 2000 weitere folgten. Ich wäre dort geblieben und hätte meine Depression durchlebt. Meinen Trübsinn hätte ich behandelt mit positivem Denken, hätte verdrängt, geleugnet und schöngeredet – letztlich jedenfalls hätte ich mich arrangiert mit einer menschenverachtenden DDR.

Manchmal wäre ich gerne Conrad Schumann. Aber ich bin nicht er. Ich bin ich und lebe hier und jetzt im freiheitlichen Deutschland. Nur meine Depression ist dieselbe wie damals, 1961 an der Bernauer Straße, zwei Tage nach Beginn des Mauerbaus. Trauer, Wut und Verzweiflung über die Zustände in meinem Land und in der ganzen Welt begleiten mich heute an jedem neuen Tag – und damit bin ich nicht allein. Viele haben mir schon gesagt, dass sie keine Nachrichten mehr hören, weil sie nicht mehr aushalten, was sie dort erfahren. Also schauen sie weg und laborieren gemeinsam mit mir an ihrer Depression. Auch sie behandeln ihren Trübsinn mit positivem Denken, klammern sich an unrealistische Hoffnungen, verdrängen, statt zu handeln, leugnen statt zu bezeugen, arrangieren sich, anstatt sich zu engagieren und finden sich ab mit allem, was andere für sie entschieden haben, nicht klaglos, aber tatenlos, gelähmt wie die Maus vor der Schlange – und das in einer der freiheitlichsten Demokratien der Erde!

Conrad Schumann lebte in einer der unfreiheitlichsten Diktaturen der Erde, und dennoch hat er selbst Fakten geschaffen. Er hat eine Wahl getroffen in einem Land, das ihm keine Wahl ließ. Sicher, er hat nicht gekämpft, er ist geflohen. Sollte ich ihm das vorwerfen? Hat er seine Landsleute im Stich gelassen? Sollte ich ihn feige nennen, so, wie auch Selbstmörder von manch einem feige genannt werden? Nein. Wie käme ich dazu? Wie kommt überhaupt irgendjemand dazu – aus rein theoretischen Überlegungen und ohne je selbst in dieser Situation gewesen zu sein? Conrad Schumann hat nach Möglichkeiten gesucht und sie genutzt. Anders als ich hat er sich nicht zufrieden gegeben mit seiner Depression. Er hat aufbegehrt, er hat gehandelt, und damit hat er die Welt verändert.

Immer, wenn ich denke, ich wäre gerne wie Conrad Schumann, dann schäme ich mich. Ich schäme mich für all die Möglichkeiten, die ich habe und nicht nutze. Es ist mir geradezu peinlich vor ihm, alles zu dürfen, ohne jede Angst vor Strafen, und nichts davon zu tun. Ich schäme mich, Zustände zu bedauern, anstatt sie zu verändern. Ich schäme mich dafür, auf die Regierung zu schimpfen, anstatt die

Regierung zu sein. Ich schäme mich, das Leid anderer Menschen zu ertragen und mich gleichzeitig mit dem Fernsehprogramm oder Handytarifen zu beschäftigen. Lieber gehe ich auf ein Konzert als auf eine Demo. Lieber schreibe ich Kurzgeschichten als Manifeste. Lieber sitze ich auf meiner Couch, als mit erhobener Faust aufzustehen und nein zu sagen.

Dafür schäme ich mich, und Conrad Schumann ist mein Held. Das ist er seit jenem Tag im August 1961, an dem er in den Westen sprang. Und das wird er bleiben, auch wenn es da noch diesen anderen Tag gegeben hat, kaum siebenunddreißig Jahre nach seinem berühmten Sprung in die Freiheit und keine neun Jahre nach dem Fall der Mauer. Niemand weiß, was in ihm vorgegangen ist an diesem Tag im Juni 1998. Niemand weiß genau, warum er sich in seiner Wahlheimat Oberemmendorf in Bayern das Leben nahm. Man sagt, er hätte sich auch nach der Wiedervereinigung nicht sicher vor der Rache der Stasi gefühlt. Vielleicht ist er ja einfach wieder geflohen, diesmal aus dem Leben. Aber ich werde ihn dennoch nicht feige nennen, niemals, nicht jedenfalls, solange ich mich auch nur im Ansatz benehme wie die Maus vor der Schlange. Nicht, solange ich auch nur eine einzige der ungewöhnlich vielen Freiheiten in dieser geilen Demokratie ignoriere. Nicht einmal, wenn ich die ultimative Partei gegründet habe, die Anti-Hochmut-Partei, deren Mitglieder mit ihrem Privatvermögen täglich neu den Weltfrieden einkaufen, nicht einmal dann wäre es mir möglich, ihn feige zu nennen – denn Hochmut wäre dann ja verboten!

Für *Conrad Schumann*
  * 28. März 1942
  † 20. Juni 1998

Dschungeljagd

Urplötzlich und unverhofft stand ich vor ihm. Ich wusste, dass er gefährlich war. Zwei Menschen hatte er schon angefallen, zwei Menschen, die ihm zu nahe gekommen waren. Die Bauern nannten ihn Monster. Inzwischen sperrten sie ihre Kinder ein. Nachts bewachten sie ihr Vieh. Zu viele Hühner hatte er sich schon geholt.

Jetzt stand er mir gegenüber, keine drei Meter entfernt und mit gefletschten Zähnen, mitten im Dschungel. Ich konnte seine Angst riechen und glaubte, seinen Herzschlag zu hören. Dichtes Unterholz versperrte ihm den Fluchtweg. Ich hatte ihn in die Enge getrieben, ohne es darauf anzulegen, doch mein Gewehr war nicht schussbereit. Wenn ihn jetzt der Wahnsinn überkam, konnte ich ihn bestenfalls verletzen, bevor er mir die Kehle durchbiss.

»Wie geht's, alter Mann?«, sprach ich ihn an. Er zuckte bei diesen Worten. Ich suchte mit einer Hand den Griff des Gewehrs, das an meiner Seite hing. »Hab ich dich also gefunden.«

Drei Tage hatte es mich gekostet, seine Spur auszumachen. Drei weitere Tage waren vergangen, bis ich ihn endlich zu Gesicht bekam, und ausgerechnet jetzt war ich nicht vorbereitet.

»Was nun?«, fragte ich. Den Griff meiner Waffe hatte ich gefunden. Er musste es gesehen haben. Dennoch entspannte er sich. Behutsam griff ich auch mit der anderen Hand nach dem Gewehr. Auch das ließ er geschehen und hinderte mich nicht daran, es in Schussposition zu bringen. Die Bauern hatten verlangt, dass ich das Gesetz ignorierte und kurzen Prozess machte mit ihm. Für mich war das kein Problem. Niemand würde ihn jemals finden und mir Scherereien bereiten. Also legte ich an und zielte.

Erst jetzt erkannte ich die Narben an seinem Körper, in seinem Gesicht, halb versteckt unter all dem Schmutz und den Haaren seiner wilden Mähne. Es waren die Spuren von drohendem Tod und Überlebenskampf, von Eroberung, Verlust und trotzigem Widerstand. Über Kimme und Korn blickte ich ihm jetzt in die Augen. Den Finger am Abzug schaute ich tief in eine fremde Seele und hörte, wie sie zu mir sprach.

»Los, mach schon«, sagte sie. »Beende, was du begonnen hast. Du tust mir einen Gefallen damit. Ich habe mir weiß Gott nicht ausgesucht, was ich bin. Glaubst du etwa, ich stehle gerne all die Hühner, um ihnen den Kopf abzubeißen? Wer leben will, muss töten – das ist doch das wichtigste Gesetz im Leben. Wer weiß das besser als du und ich?«

Wie erstarrt stand ich da. Wer leben will, muss töten. Ja, in der Tat, dies war das wichtigste Gesetz. Es zog sich als lange Spur durch mein gesamtes Leben und durch seines, nicht erst, seit er in diesem Dschungel hauste und ich die meiste Zeit meines Lebens hier verbrachte. Nur zu gut kannte ich dieses Gesetz und er auch.

Doch urplötzlich und unverhofft spürte ich ein Lächeln über meine Lippen huschen. Denn Gesetze, wurde mir klar, hatten er und ich schon viele gebrochen.

Kleine weiße Friedenstaube

Ein Nachwort des Autors

„Aber bring sie mir ja wieder zurück!"

„Oh, aber wie soll ich sie einfangen, wenn sie fliegt?"

„Keine Sorge, sie fliegt dir nicht davon. Sie kommt immer wieder in deine Hände zurück."

„Aber nicht ich werde sie halten, sondern ein kleines Mädchen."

„Das ist kein Problem. Dann wird sie eben zu ihr zurückfliegen."

Dieser Dialog stammt aus dem Jahre 1974. Mika Launis, finnischer Grafik-Design-Student in Helsinki, besuchte seinen Landsmann Pekka Kärkkäinen, um sich etwas ganz bestimmtes auszuleihen. Kärkkäinen war Zauberkünstler und trat auf vielen Solidaritäts- und Friedensveranstaltungen in Finnland auf. Von Berufs wegen besaß er weiße Tauben, und die mit dem makellosesten Federkleid hatte er ausgesucht, um sie Mika Launis anzuvertrauen.

In einer Transportkiste brachte dieser den gut dressierten Vogel in ein Fotostudio im Zentrum Helsinkis. Aulis Nyqvist war Werbefotograf und sollte ein Foto schießen, auf dem eine Taube – eine Friedenstaube – aus den Händen eines Kindes auffliegt. Launis brauchte dieses Foto, um ein Plakat zu erstellen, ein Poster, das weltweit für den Frieden werben sollte. Kaum ein Symbol war besser dafür geeignet als eine Taube in Kinderhänden.

Es sollte ein langes Shooting werden.

Schon lange vor 1974 hatte die Taube symbolhaften Charakter. Bereits in der Antike war sie das Attribut verschiedener Gottheiten. In der Bibel war es eine Taube mit einem Ölzweig im Schnabel, die Noah das Ende der Sintflut verkündete; so galt sie als Vorbotin des neuen Friedens, den Gott mit den Menschen schließen wollte. Später symbolisierte sie den Heiligen Geist, etwa bei der Taufe Jesu oder dem Pfingstwunder. Auch der Koran weiß Gutes über die Taube zu berichten: Einst soll sie den Propheten Mohammed vor seinen Feinden gerettet haben.

Über viele Jahrhunderte hinweg entstanden immer wieder Geschichten und Märchen, in denen es Tauben waren, die Menschen beschützten oder Frieden stifteten – und das, obwohl diese Tiere im Umgang miteinander alles andere als friedlich sind. Im Gegenteil, sie gelten als besonders neidisch und streitsüchtig. Ihrem weiteren Aufstieg zum weltweit bekannten Friedenssymbol ab der Mitte des zwanzigsten Jahrhunderts standen diese Charaktereigenschaften aber nie im Wege.

Pablo Picasso war ein politischer Mensch. Als Künstler sah er sich als „ein politisches Wesen, das ständig im Bewusstsein der zerstörerischen, brennenden oder beglückenden Weltereignisse lebt und sich ganz und gar nach ihrem Bilde formt". Er malte nicht nur zum Vergnügen. Seine Kunst betrachtete er als „Waffe zum Angriff und zur Verteidigung gegen den Feind". Seit 1944 war er Mitglied der Kommunistischen Partei Frankreichs, ohne sich jemals von ihr vereinnahmen zu lassen. 1949 wurde er gebeten, ein Motiv für das Plakat des geplanten Weltfriedenskongresses in Paris zu schaffen. Es war kein Zufall, dass das Bild einer Taube ausgewählt wurde. Picasso liebte Tauben. Schon sein Vater hatte die Vögel gezeichnet, und auch einige der frühen Bilder des Sohnes zeigen diese Tiere (so z. B. „Kind mit Taube", 1901). Auf dem Plakat von 1949 aber reiste nun eine seiner Tauben um die Welt und wurde schnell berühmt als Zeichen für den Frieden und den Pazifismus. In den kommenden Jahren stattete der Künstler einige weitere Friedenskongresse mit immer neuen Versionen seiner Friedenstaube aus. Besonders bekannt wurde später die auf nur wenige Linien reduzierte fliegende Taube mit einem Ölzweig im Schnabel.

Zahlreiche Autoren und bildende Künstler ließen sich von Picassos Tauben inspirieren. In Paris war es zuallererst Picasso selbst: Seine Tochter, die am Vorabend des Pariser Kongresses 1949 geboren wurde, nannte er kurzerhand Paloma (span. ‚Taube'). Doch überall auf der Welt machte die Taube Eindruck, so auch in Thüringen noch im selben Jahr. Die Kindergärtnerin Erika Schirmer sah Picassos Bild auf dem Kongress-Plakat, das an der Bretterwand eines kriegszerstörten Geschäftes in Nordhausen hing. Die junge Frau hatte ihre Jugendzeit im Krieg verbracht. Sie hatte aus ihrer Heimat im Osten fliehen müssen und war tief erfüllt vom Wunsch nach Frieden. Spontan dichtete sie das Kinderlied „Kleine weiße Friedenstaube" („... allen sag es hier, dass nie wieder Krieg wir wollen, Frieden wollen wir."). Fast jedes Kind in der DDR lernte daraufhin dieses Lied, und so wurde es zu einem allseits bekannten und beliebten Volkslied im Arbeiter- und Bauernstaat.

Und dann kam das Jahr 1974. Inzwischen gab es noch weitere berühmte Friedenssymbole, so z. B. das Peace-Zeichen ☮ von 1958 oder die Regenbogenfahne von 1961. Die Friedensbewegung wurde weltweit immer aktiver. Die Zeitungen berichteten über den Vietnam-Krieg und Ostermärsche, über immer zahlreichere Atomtests und Großkundgebungen für den Frieden. Es war die Zeit des Kalten Krieges und der nuklearen Aufrüstung. In Europa tagte seit Monaten die KSZE (Konferenz über Sicherheit und Zusammenarbeit in Europa), und im folgenden Jahr, also 1975, sollte in Helsinki die Schlussakte unterzeichnet werden. Fast alle europäischen Staaten sowie Kanada, die USA und die Sowjetunion verhandelten über Menschenrechte, Zusammenarbeit, Sicherheits- und Entspannungsfragen. Dies war ein erster Hoffnungsschimmer im Hinblick auf Annäherung. Dennoch ängstigten die

Spannungen zwischen den Großmächten die ganze Welt. Ähnlich wie Deutschland lag auch Finnland direkt an der Grenze der konkurrierenden Machtblöcke, und diese Bedrohung war allen Finnen bewusst – auch dem jungen Studenten Mika Launis in Helsinki.

„Wir wussten, dass unser Land als eines der ersten bombardiert werden würde, sollte der Krieg ausbrechen", sagt er heute. „In allen politischen Parteien Finnlands gab es Menschen (besonders junge Leute), die den Krieg nicht wollten. Dies war eine einfache Botschaft."

Um diese Botschaft in die Welt zu tragen, plante das finnische Friedenskomitee (Suomen Rauhan Puolustajat), ein aussagekräftiges Plakat zu präsentieren, zeitlich passend zur Unterzeichnung der KSZE-Schlussakte in der eigenen Hauptstadt. Mika Launis hatte zuvor bereits Chile-Solidaritäts-Plakate entworfen, und so wurde ihm die Gestaltung des neuen Plakates anvertraut.

„Zum Studieren blieb mir damals nicht viel Zeit, da diese Arbeiten einfach zu interessant waren – aber auch sehr lehrreich."

Doch dieses neue Projekt brachte einige Probleme mit sich. Zum Einen war es wichtig, etwas Neues zu schaffen, etwas Frisches und Unverbrauchtes. Zwar hing Picassos Taube an der Tür eines Besprechungszimmers, doch viele Menschen sagten: „Vergiss die Taube! Du kannst das nicht besser als Picasso!"

Ein weiteres Problem waren die geplanten Texte auf dem Plakat. Die zentrale Botschaft („für Frieden") sollte in den wichtigsten europäischen Sprachen zu lesen sein. Das Drucken der Umlaute und der kyrillischen Schrift aber war damals noch ein Problem, zumindest mit modernen westlichen Zeichensätzen.

„Ich sah eine sowjetische Zigarettenschachtel, die Zigarettenmarke war MIR (russisch ‚Frieden'; kyrillisch: ‚МИР'). Ich hatte noch nie ein gut entworfenes kyrillisches Produkt gesehen, aber dieses war gut. Also war es sicher in einer westlichen Werbeagentur entstanden. Ich erkannte die Schriftart „Avant Garde", die es ganz sicher nicht in kyrillisch gab. Das ist ja prima, begriff ich mit einem Mal: Zumindest für das Wort МИР kann ich mir kyrillische Typografie doch ohne viel Aufwand selbst herstellen, indem ich einfach den Buchstaben N umdrehe!"

Dies bedeutete zwar Handarbeit, aber dieses Problem hatte sich gelöst.

„Dann sah ich auf einer linken Veranstaltung den Zauberer Kärkkäinen mit seinen Vögeln."

Launis wollte noch immer eine Taube für sein Plakat, und jetzt wusste er auch, wo er eine herbekommen konnte. Nur ein fähiger Fotograf fehlte ihm noch. Doch auch diese Hürde war schnell genommen. Er erinnerte sich an das Fotostudio von Aulis Nyqvist, den er über einen gemeinsamen Freund kennengelernt hatte. Nyqvist arbeitete erfolgreich als Werbefotograf. Sein Studio war top-modern ausgestattet. Für Launis war dies eine neue Erfahrung, die ihn zwang, einige Dogmen zu überwinden.

„In meinen Augen war der wahre Weg zum politischen Foto der von John Heartfield: echte Fotomontage, echte politische Meinung. Die wirklich wichtigen Bilder, so dachten wir alle, waren als authentische Zeitdokumente entstanden und nicht etwa in Studios. Wir hassten Werbung, aber dieses Werbestudio bot völlig neue Möglichkeiten – hochkarätige Hasselblad-Fotoapparate, Blitze und so weiter. Aulis konnte im Studio frei agieren. Es war eine völlig neue Art und Weise, kreativ zu sein."

Und so gaben sich ein Student, ein Profi-Fotograf, ein kleines Mädchen und eine besonders schöne, weiße Taube die allergrößte Mühe, ein ansprechendes Foto zu zaubern. Nyqvist hatte extra einen neuen dunkelblauen Hintergrund für das Shooting gekauft. Die Taube tat, was sie sollte: Sie startete aus den Kinderhänden in die Luft, flog eine Runde durch den Raum und kehrte brav wieder zu dem Mädchen zurück. Dieses Spiel hätten sich sicher viele Kinder gewünscht, doch sollte es beinahe in harte Arbeit ausarten. Die beiden Erwachsenen gaben sich nämlich nicht mit ein paar Versuchen zufrieden. Nyqvist war ein erfahrener Fotograf, doch ein lebendes Tier in seinem Studio war eine völlig neue Situation – ein anmutiges Bild von einer fliegenden Taube zu schießen war noch nie ein leichtes Unterfangen.

„Uns stand der Vogel des Zauberers zur Verfügung", erinnert sich Aulis Nyqvist. „Die Kinderhände gehörten zu einem Mädchen aus der Familie. Mika war der Fotoassistent und mochte Tiere. Die Arbeit nahm fast den ganzen Tag in Anspruch, da die Sache nicht einfach war. Oft flog die Taube auf Abwegen irgendwo durch das Studio. Mit den Blitzen, die ich installiert hatte, habe ich 60 Aufnahmen gemacht. Zwei von ihnen waren fast gleich. Die beste von ihnen haben wir schließlich ausgewählt."

Doch bevor es so weit war, geschah ein kleines Unglück, dessen Auswirkungen die Welt später zwar sehen, aber nicht als Folgen eines Unfalls wahrnehmen würde. Das Studio war eng und überall standen Stative mit Blitzen im Raum. Bei einem der vielen Flüge verlor die arme Taube für einen Moment die Orientierung und flog vor eines der Blitz-Stative. Sie verletzte sich nicht schwer und konnte die Fotosession auch weiter fortführen. Lediglich eine ihrer schneeweißen Schwanzfedern brach bei diesem Zusammenprall ab. Ihr zuvor makelloses Gefieder zeigte nun eine deutliche Lücke, die besonders im Flug erkennbar war. Das Foto, das später ausgewählt wurde, war nach diesem Flugunglück entstanden. Es zeigt die Taube von der Seite mit weit ausgebreiteten Flügeln. Die Kerbe im Fächer ihrer Schwanzfedern ist deutlich zu sehen.

Die Feder wuchs in den kommenden Wochen einfach nach. Der Zauberer war auch nicht böse, dass ihm seine Taube leicht verunstaltet wiedergebracht wurde.

„Ich nehme an, er war stolz darauf", sagt Launis. „Es war wie eine Verletzung im Kampf um den Frieden."

Das Foto war im Kasten, die typografischen Probleme waren gelöst (Launis: „Selbst die Ö- und Ü-Punkte sind in Handarbeit entstanden"). Das Plakat wurde rechtzeitig fertig und war in ganz Helsinki zu sehen, als die Staats- und Regierungschefs nach Finnland kamen und die Presse ihnen folgte. Anschließend verselbstständigte es sich schnell. Beide Schöpfer wissen nicht genau, wer es wofür verwendete.

„Aulis' Foto wurde in den Fernsehnachrichten gezeigt und auf dem Cover des ‚Kontakt'-Magazins in der DDR veröffentlicht. Oft wurde es auf der ganzen Welt kopiert, auch in Australien und Neuseeland. Niemand von uns jungen Designern dachte damals an das Copyright. Das war sicher nicht klug, aber ich meinte einfach: Das ist unser gemeinsames Ding! Ich war sehr froh und stolz darauf, dass ich etwas Wichtiges für diese Angelegenheit tun konnte."

Nicht nur in Finnland gab es Friedensaktivisten, auch in Deutschland. Hier war es z. B. das Komitee für Frieden, Abrüstung und Zusammenarbeit, das große Aktionen organisierte. Auch für den 22. Mai 1976 war eine Großdemo in Bonn geplant. „Stoppt das Wettrüsten" sollte der Slogan lauten. Es fehl-

te nur noch ein Motiv für das Plakat. Man fand es in einem Stapel aus Flugblättern und Handzetteln im eigenen Komitee-Büro – das Foto der finnischen Zauberer-Taube. Ein Grafiker verfremdete das Bild so, dass von der Taube kaum mehr als die weiße Sil-

**Stoppt
das Wettrüsten**
Für Frieden,
demokratische Reformen und
soziale Sicherheit.
Mit der Abrüstung
beginnen.

Demonstration und Kundgebung
Bonn, 22. Mai '76

houette übrigblieb – einschließlich der markanten
Lücke in der Reihe ihrer Schwanzfedern. Diese Gra-
fik, die gar nicht mehr nach einer Fotografie aussah,
setzte man erneut vor einen blauen Hintergrund –
und fertig war ein neues Kult-Objekt. Zwar war es

das nicht sofort, aber in der Folge der Demo wurde es immer bekannter.

Besonders in Deutschland führte Kärkkäinens lädierte Taube ihren Kampf für den Frieden weiter fort, als Symbol einer ganzen Generation von friedensbewegten Menschen, als sympathisches Logo auf Stickern (damals hießen die noch Aufkleber), auf Stofftaschen, Buttons und Plakaten. Bis weit in die 80er Jahre hinein kannte in Deutschland beinahe jeder junge Mensch diese Taube, nicht etwa Picassos Taube, sondern genau diese mit der unverwechselbaren Kerbe im Gefieder, in weißer Farbe auf blauem Grund.

Diese Geschichte am Ende dieses Buches zu erzählen, ist mir wichtig. Als ich das Buchcover entwickelte, musste ich mich mit Copyright-Fragen auseinandersetzen. Die weiß-blaue Friedenstaube schien mir zu berühmt, als dass ich sie ungefragt auf ein Buchcover setzen wollte. Also machte ich mich auf die Suche nach den Urhebern und – Internet sei Dank – fand sie auch. Ich telefonierte mit Horst Trapp, einem deutschen Friedensaktivisten von 1976, Mitarbeiter im Komitee für Frieden, Abrüstung und Zusammenarbeit. Er war Mitorganisator der großen Friedensdemos in den 70er und 80er Jahren. Auch heute noch, mit über 80 Jahren, arbeitet er für den Frieden, inzwischen beim Bundesausschuss Friedensratschlag, und hat mir gerne den Abdruck des alten Plakates genehmigt. Per E-Mail erreichte ich den erfolgreichen Profi-Fotografen Aulis Nyqvist und den nicht weniger etablierten Grafiker Mika Launis im fernen Finnland. Geduldig kommunizierten sie mit mir über die nicht unwesentliche Sprachbarriere hinweg. Sie beantworteten all meine Fragen, korrigierten Missverständnisse und stellten mir ebenfalls kostenlos ihr Plakat zur Verfügung. Und ganz nebenbei erfuhr ich viel über das finnische Mittsommerfest, Sommerhäuser an finnischen Seen, die Geschichte des samischen Volkes und über ‚PuuCee's, die finnischen Holztoilettenhäuschen, über die der Student Mika Launis einst eigentlich ein Fotobuch hatte erstellen sollen, dafür aber aus den genannten Gründen einfach keine Zeit gehabt hatte. Sein Studium übrigens hat er trotz seines großen Engagements erfolgreich abgeschlossen.

»Und ich war nicht der Schlechteste!«

All diesen Menschen gilt mein herzlicher Dank. Sie haben mir einen tiefen Einblick ermöglicht in die Zeit, in der ich selber noch ein kleines Kind war. Je tiefer ich in diese Geschichten eintauchte, desto spannender wurde es. Besonders interessant finde ich, dass es so oft Plakate waren, auf denen die Friedenstaube die Welt eroberte. Doch ob in Paris, in Finnland oder Deutschland, ob mit Plakaten für große Ereignisse oder mit Kinderliedern, ob Maler oder Fotograf, Friedensaktivist oder Kindergärtnerin – jedes Mal waren es einzelne Personen, die mit Entschlossenheit und viel Engagement für den Frieden kämpften.

Und eine weiße Taube, der das alles wohl ziemlich egal war.

Mika Launis

- *1949

- Finnischer Illustrator und Grafik-Designer

- Grafik-Design-Studium an der Universität für Kunst und Design in Helsinki

- Illustrationen zahlreicher Bücher (z. B. der finnischen Version der Harry-Potter-Bücher) und Briefmarken

Artto Aulis Nyqvist

- *1941

- Finnischer Fotograf, Fotojournalist und bildender Künstler.

- Fotografie-Student und Fotograf bei Matti A. Pitkänen 1960-1965

- Eigenes Studio seit über 30 Jahren

- Heute eigene Fotobücher, z. B. Bildband über Berlin

Peter Coon war einmal ein Computerprogrammierer. Bis es ihm zu bunt wurde. Dann besann er sich auf seinen allerersten Berufswunsch und wurde Tontechniker. Außerdem begann er mit dem Schreiben.

Am liebsten schreibt er Kurzgeschichten. Einige davon konnte er in Anthologien und Literaturzeitschriften veröffentlichen. 2015 erschienen vierzehn seiner Short Stories in seinem Erzählband *Märzchen im November*.

Das Faszinierende an Kurzgeschichten beschreibt er so: „Beim Lesen einer Short Story stolpert man unversehens in ein fremdes Leben hinein, in eine fremde Geschichte, die man für eine kurze Zeit mit durchlebt, um dann wieder hinauszustolpern in sein eigenes Leben. Der abrupte Einstieg, das plötzliche Ende, die kurze, knappe Sprache – all dies lässt sehr viel Raum für die eigene Fantasie. Oft genug bleibt das Ende offen oder gar rätselhaft, sodass Kurzgeschichten lange nachwirken und einen auch in der kommenden Woche noch beschäftigen können."

www.petercoon.de

Weltfrieden ist aus
ist aus

Ebenfalls von Peter Coon:

Märzchen
im
November

Dreizehn nicht unerhebliche Erzählungen und eine nur so zum Spaß

>*Ein Ereignis hatte unser Leben durchkreuzt.
Es stand unserer gemeinsamen Bahn im Weg
wie ein Glasprisma einem weißen Lichtstrahl
im Physikunterricht.*«

Dieses Buch handelt von Menschen in heiklen Situationen. Manche haben Glück, andere erleben persönliche Katastrophen, nichtsahnend oder sehenden Auges – in jedem Falle aber verstrickt im Netz besonderer Eigenheiten und Umstände.
Und hier und da, erstaunlich oft sogar, keimt ein wenig Hoffnung.

Zwei dieser vierzehn Erzählungen wurden bei Literaturwettbewerben mit Preisen ausgezeichnet.

Erhältlich als:

Hardcover	ISBN 978-3-7386-5498-1	16,00 €
Paperback	ISBN 978-3-7386-5499-8	8,00 €
eBook	ISBN 978-3-7386-5503-2	2,99 €

Weitere Infos unter: www.petercoon.de